AF392519

HISTORIAS SÓRDIDAS

ExLibric

DANIEL SÁNCHEZ CENTELLAS

HISTORIAS SÓRDIDAS

EXLIBRIC

ANTEQUERA 2022

DANIEL SÁNCHEZ CENTELLAS

HISTORIAS SÓRDIDAS

1. El cuerpo del delito

Si hoy en día le dijeses a cualquier persona que has matado a alguien, lo más normal sería que te tomasen por loco o que pensasen que estás gastando una broma pesada, muy pesada, o de mal gusto. Si lo explicases con todo lujo de detalles, refiriéndote a una persona en concreto, y refiriendo todo sobre el cómo, el dónde y el cuándo, entonces, quizás lograses atraer algo más la atención y alguien podría llegar a alabar la imaginación que tienes o si hubieses cometido algún fallo en tu «historia», el listo de turno te lo haría notar. La mayoría de la gente, a pesar de ser tan impresionable con ciertas cosas, para otras, que supuestamente son más importantes, resulta escéptica hasta un extremo irritante. Es por eso que llegué a la conclusión, tras un detallado y minucioso examen de las reacciones y los comportamientos de los demás tras explicar un asesinato perpetrado por uno mismo, que quien se propusiese semejante tarea y quisiese llegar a ser creído, debería explicar cómo ha asesinado a alguien y, por último, entonces se vería obligado a aportar simplemente pruebas fehacientes, crudas, impactantes, pero sobre todo con cierto carácter de indirectas, para resaltar más así lo importante, el misterio y, si es posible, el morbo. Me interesaba el experimento, intentando de alguna manera buscar algún tipo de conmoción, interés y, si cabe, hasta sentimiento compasivo o de búsqueda de la justicia en aquel interlocutor que tuviese en frente. Lo triste, lo patético es que se podría llegar a dar muerte a muy diversas personas sin que nadie se dé cuenta ni se reclame cuerpo alguno y si en ese caso tú o cualquiera asesinase «de verdad» a ese pobre indigente, esa persona perdida en la carretera, ese solitario autoestopista y lo contase, de la misma manera, correrías también el riesgo de no ser creído. O simplemente, ciñéndome de una maldita vez a mi propia historia, nadie acabaría creyéndosela y es por eso que, como último intento, buscando una mayor veracidad, un efecto diferente, para que por fin alguien sepa lo que hice, es lo que vengo a contarte. Escúchame atentamente y juzga tú mismo si lo que pueda estar diciendo es verdad o mentira. Quizás, al escucharme puedas entender el significado de la paradoja del gato de Schrödinger, aunque en esta ocasión, obviamente, no será un gato.

Puede ser que finalmente con la palabra, tergiversando la realidad, con una perversa manipulación de la verdad, también podamos llegar a matar a alguien y dejarlo en el limbo de la ficción, o quizás en el terreno del «basado en hechos reales» o de la simple charada o broma macabra y pesada. En cualquier caso, antes de decir nada hay que buscar ser creíble, haya sido cierto o no lo que contamos y si hubiera algún indicio por lo que aquello que contamos pudiera no ser coherente, debemos conseguir impresionar. Tras la impresión se pueden enmascarar muchas falacias. Pero sobre todo, sobre todas las cosas, nunca hay que ensayar o entrenar. Tenemos que contar nuestra historia a la primera, como si fuera algo completamente natural que ha pasado realmente (con independencia de que sea cierto, porque el que te escuche no puede saber con certeza tal cosa). Si por algún casual nos han escuchado explicar esa historia como una broma o como un ejercicio de cuento o interpretación, nos podría fastidiar la veracidad de todo. Entonces, ¿quedan claras las premisas y las condiciones imprescindibles? Pues adelante.

¡Ah! Olvidaba una cosa: aquel o aquella que os escuche debería ser alguien cuya psicología os resulte predecible y podáis calcular con bastante fiabilidad todas las reacciones posibles a medida que progresáis en vuestra historia. Empecemos pues, sin más dilación:

Un día dado, importa muy poco la fecha y, por supuesto, muchos menos datos tendréis del lugar, fue el que ya tenía todo estudiado para poner en marcha ese plan. Pero aún alguien se preguntaría por qué e incluso yo también me lo llego a preguntar y a menudo, por cierto. ¿Por qué debería hacer semejante locura? ¿Es que solo es una cuestión de explorar la psique humana con un experimento atroz? Sé que comenté que me interesaba explorar las posibilidades de proacción de la gente ante atrocidades o delitos, de levantarse y clamar contra ellos. Ese interés y llegar a conclusiones sobre el tema ya debería ser relevante de por sí, porque sin duda es un índice de cuánto pueden ser golpeadas la dignidad y la sensibilidad del ser humano sin que reaccione lo más mínimo. Pero claro, yo no soy un instituto de investigaciones psicológicas (como estos que trabajan para los gobiernos o las élites para conocer perfectamente el talón de Aquiles del espíritu humano y derribarlo como un castillo de naipes), yo soy un individuo cuyas conclusiones ni trascenderán, ni se publicarán. Entonces, ¿a qué demonios juego? ¿Por qué pierdo el tiempo en semejante chorrada? Estúpido, cretino, retrasado mental, con el trabajo que tengo acumulado y con la de cosas que tengo por hacer en mi vida. Bueno, pues yo mismo me lo respondo y me reafirmo: el poder, el poder sobre la mente humana, el poder sobre otros y sobre la vida. Aunque sea a pequeña escala, es una experiencia que llena, que realiza y desarrolla el intelecto y la capacidad de hacer cosas del ser humano, en este caso de mi propia humanidad. Recordad que esta palabra, humanidad, lleva mucha inquina. ¿Por qué algunos plantan árboles y les parece lo más bonito que pueden hacer en sus vidas? Si nos ponemos a pensar teniendo en cuenta cómo es la Tierra y sus ciclos, en diez mil años puede haber desaparecido la civilización humana y haberse llenado todo el planeta de árboles. ¿Qué importancia tiene, al menos para mí, plantarlos? Ninguna, más que la vana autosatisfacción, la misma que conseguiría con este proyecto, la misma que pueda conseguir destruyendo la vida de alguien. Y además solo con la palabra. Genial reto para el intelecto. ¿No hacen algunos crucigramas y autodefinidos, dilapidando así el tiempo de su vejez y resumiendo el sentido de sus vidas en eso? Toda una vida en la fábrica, siendo el mono sabio de una máquina para llegar a la vejez escogiendo los mejores sabores de yogur del supermercado y pasando horas muertas con crucigramas o viendo la tele. ¡Qué triste! Por eso, sentir el placer y el privilegio de tener poder sobre alguien, de destrozar sus momentos con suposiciones y terribles dudas, de hacer sufrir para luego dar esperanzas (aunque sean falsas) es, sin duda, mucho más pleno que dedicarse a cualquier cosa pacífica y anodina, y nadie me quitaría el gusto de haber pasado por esa alucinante experiencia. A pequeña escala me sentiré como un Stalin por un momento, así pues hasta su dimensión histórica puede tener. ¿Qué más podría desear? Esas motivaciones son las suficientes, ya no para intentarlo, sino para delinearlo a la perfección y llevarlo a cabo hasta sus últimas consecuencias. Consecuencias que se pueden ir desarrollando según vaya la cosa. Todo esto pensaba, rumiaba y me iba distrayendo durante el día señalado, pues hiciese lo que hiciese, discurrir de esta manera era algo inevitable para mí. Así, ese preciso día había quedado con un conocido mío, alguien al que llamaremos Juan, que me tenía en gran aprecio y admiración por una serie de sencillos favores que le llegué a hacer. Por cierto, yo me llamaré Damián para vosotros y para esta historia, pero ¿qué más da si es posible que sea falsa? Para él yo era su amigo, pero para mí era un personaje anodino, de pensamientos ordinarios e insignificantes que siempre le llevaban a lugares comunes. Para colmo mío se consideraba a sí mismo interesante y persistía en sus infumables diatribas. Pero, en fin, el experimento, o la obra, valía la pena y allí estaba. Le esperaba en un conocido café en el que de hecho habíamos tenido numerosas tertulias. Y sí, él asistió a ellas con más o menos acertadas intervenciones.

—Hola, Damián. ¿Cómo estás, amigo? ¡Oye, chico! Todo un detalle haber quedado en este café tan hermoso. ¡Con los buenos momentos que hemos pasado aquí! Y dime, ¿qué te cuentas? Seguro que me quieres contar algo importante si me has traído a este lugar.

Se presentó ante mí enfundado en un anticuado chaquetón tres cuartos, extendiéndome la mano con ese rostro orondo y bonachón, interrumpiéndose con breves risas y haciendo de la bienvenida una especie de sacramento de establecidos protocolos. En cualquier momento me preguntaría por la familia. Yo, que vivía apartado de todos, pero decidí atajarle antes de que prosiguiera con la verborrea:

—Pues nada, Juan. Que te esperaba con… ilusión. Siéntate, que pediré algo por ti. ¿Qué te apetece?

—Pues ya que estamos, un café. Me apetece un café con leche, ¡ja, ja, ja! Los suelen hacer muy bien por aquí. Pero a mí, ya sabes, corto de leche o, como a veces digo, un cortado gigante, ¡ja, ja, ja! ¡Ah, y tráete dos azucarillos! Que mientras no arramble conmigo la diabetes, yo a darme la vida, ¡ja ja aja!

—Cómo no, amigo mío.

Brevemente me dirigí a un camarero que pasaba, tras comprobar que había acabado un servicio, pidiéndole así las consumiciones. Juan, por su parte, volvía a la carga explicándome de manera interminable su estado de salud, el de su familia, sus anécdotas en el trabajo, sus creaciones literarias, que se encontraban eternamente en revisión o corrección. Todo eso le hizo olvidar que me había preguntado al principio por qué lo había citado allí, hasta que por fin calló y se quedó mirando para todos lados ante mi mirada. Acto seguido, empezó a sorber el café con leche y dijo:

—¡Vaya! Se ha enfriado. ¿Tú crees que nos lo podrían recalentar un poquito en el microondas? Es que yo, lo que es frío, no me lo puedo tomar.

Accedí a interrumpir nuestra conversación, o su monólogo hasta ese momento, y llamé de nuevo al camarero, que se prestó a recalentarlo sin hacer comentario alguno, aunque pude percatarme por el arqueo de una ceja que no estaba precisamente contento, quizás por lo puristas que eran con el café, quizás porque nadie solía pedir cosas tan insólitas con dicho brebaje. El mío hacía tiempo que me lo había tomado.

Antes de que saliese mi querido Juan con otro tema sobre lo que le debía estar pasando por la cabeza, fui yo quien empezó a hablar:

—Bueno, Juan, ahora me toca a mí, pues, si bien recuerdas, me has preguntado qué me ha motivado para que nos viésemos aquí.

—¡Ah, sí! Es cierto. Perdóname, amigo, es que se me va el santo el cielo y…

—Vale, vale. Entonces déjame explicártelo. ¡Por favor, Juan! —contesté con cierta vehemencia, pues volvía a tomar la directa.

—¡Uy! Perdón.

Le miré severamente durante unos segundos para asegurarme de que se estaba callado y me prestaba atención. De seguro que era el individuo influenciable para mi propósito, pero también era un bocazas, y eso, hasta cierto punto, podía ser un peligro para la obra y para mí. Me preguntaba si había sido buena elección. Pero por fin, con esa estrategia de mirarle inquisitivamente, conseguí hablarle con cierta continuidad:

—Bien. Como te iba diciendo, en efecto te tengo que decir algo y nuestra amistad es el motivo clave para revelarte un secreto del que he de hacerte prometer máxima discreción. Ni una sola palabra. Si te percatas, estamos en el extremo del local, lejos del resto de gente y en una de estas mesas que, como ves, están separadas por paneles del resto.

—Pues es verdad, ahora que lo dices…

—Entonces prosigo. Como ya te comento necesito confianza y discreción absolutas por tu parte, ya que se trata de un asunto muy importante. ¿Las puedo tener? ¿Puedes prometérmelo? Me apoyo en nuestra amistad para semejante paso, recuérdalo.

El amigo abrió mucho los ojos, titubeó y tardó unos segundos en responder. No obstante, el efecto deseado se había aposentado en esa personalidad: curiosidad, intriga, interés e incluso morbo, por lo cual había conseguido cierta ligazón psicológica al momento y a mi persona. Finalmente contestó convencido de darme esa confianza:

—Sí, sí. Puedes contar conmigo. ¿Para qué si no están los amigos?

—Claro, para qué si no… —respondí, lacónico.

En ese preciso momento yo retrasaba mi exposición para crear la mayor expectación y ansiedad posibles. Esperando una respuesta de él ante la terrible espera, acabó por inquirirme:

—¿Y entonces?

—Antes de decirte nada, no quiero ni que grites, ni que pegues sobresaltos ni aspavientos. ¿Me has entendido? Si no, tendré que irme de aquí inmediatamente. ¿Queda bien claro, Juan? —le contesté, acercándome mucho y hablando ya con una voz tan baja que casi era un susurro.

—Claro, queda clarísimo. Pero dímelo ya, por favor.

—He asesinado a una persona.

—¿Qué?

—No lo voy a repetir. Lo has entendido perfectamente.

Con los ojos desorbitados y la mirada descolocada, intentaba articular una respuesta. Su primera reacción, de momento, no podía preverla, pero al menos le recordé que era lo que había prometido para controlar algo esa situación.

—Recuerda lo que me has prometido. Eres mi amigo y me has prometido discreción. Mantén la calma, te lo ruego.

—Pero, pero… —balbuceó en voz baja mientras empezaba a sudar de ansiedad.

—Responderé a todas tus preguntas. Confía en mí —añadí casi en un tono mesiánico, como si le hubiese hecho creer que el asesinato perpetrado había sido una fatalidad necesaria para el orden de las cosas.

—¿Ha sido un accidente? ¿Has atropellado a alguien?

—No. Yo no he dicho «he matado a alguien». Yo he dicho que he asesinado a una persona. Asesinar, Juan. Eso supone una voluntad de matar y ha tenido que ser así. He tenido, por necesidad personal, que acabar con la vida de esa persona que en su momento sabrás quién es.

—Entonces, entonces… esto habrá sido en defensa propia, ¿verdad que sí? —propuso Juan angustiado, intentando buscar una salida lógica a todo eso.

—No, Juan. No es el caso.

—Pero, pero ¿por qué? ¿Qué ha pasado? —preguntó, llegando ya a desesperarse por intentar comprender la situación.

Yo entonces quedé mirando al suelo, en un teatral acto de afección y contrición, en una puesta en escena en la que él se convertía en una especie de confesor. Sabía, por su manera de pensar, que él me escucharía, incluso me intentaría ayudar.

—He asesinado a una mujer, y no es que lo haya hecho sin afectarme, pero lo he planeado y lo he llevado a cabo, porque sabía que tenía que hacerlo.

—Pero ¿te había hecho algo? ¿Te había amenazado? Esas cosas, hasta cierto punto, se pueden llegar a entender, y creo, creo que estás intentando que alguien comprenda por qué puedes haber hecho algo así.

—No, no me había amenazado, ni había intentado nada contra mí directamente, y te informo de que para mí no era un asunto de vida o muerte. Aunque he de confesar que sí que era importante y no podía tener otra solución posible más que asesinarla. La maté, la asesiné. Fue así, amigo mío.

El estupor y el terror lo dejaron momentáneamente paralizado. Pero también deseaba comprender el porqué, dada mi actitud pasiva en la que, si cabe, dejaba entrever una pose de arrepentimiento. Consiguió calmarse y se acomodó en el respaldo acolchado que hacía de pared separadora entre las mesas. Pensó unos segundos y llegó a una conclusión que tenía prevista:

—¡Ah, ya lo veo! Esto es una broma, una broma pesada y de mal gusto, ¿verdad que sí? Sí, lo veo, lo veo. Necesitas material para tus novelas y montas estos números, ¿no es así?

En efecto, a pesar del terror inicial al que había sucumbido, aún le quedaba cierta suspicacia. No obstante, como comentaba y gracias a su personalidad simple y previsible, esta eventualidad estaba ya contemplada, por lo que tenía la contingencia prevista para tal caso:

—Juan, aquí en la mesa está el diario de esta mañana que acabo de comprar en el café, cinco minutos antes de que llegases. Se lo pedí expresamente al camarero. ¿Se lo quieres preguntar? Te dirá que ni siquiera lo he abierto. Por lo tanto, no tengo una idea ni completa ni clara de todas las noticias que van a salir y, menos aún, de las locales. Por eso, te voy a pedir que lo abras y busques en noticias locales, en sucesos, si se habla de algún cadáver encontrado con sospecha de que haya sido un asesinato. Mientras lo haces, mientras buscas, voy a pedir una caña de cabello de ángel, mi preferida. ¿Tú quieres algo?

—No, no, gracias —respondió consternado y con la mirada perdida.

Mientras me acercaba al mostrador para pedir el dulce, entre otras cosas porque no deseaba que se acercase el camarero, fui echando ojeadas para ver si Juan cumplía mi encargo. De esta manera, cuando ya estaba de vuelta, llevando en la mano un plato con la suculenta pasta, le pregunté al respecto:

—¿Lo has encontrado?

—Sí —respondió lacónicamente, en contraste con su charlatanería habitual.

—Podría haber salido en el de diario de ayer, pero no vi noticia alguna al respecto de lo que hice hace ya unos tres días. Bueno, pues te voy a decir cómo estaba el cadáver. Primero, que es el de una mujer de unos treinta años, que está descuartizada en cuatro partes, que la han encontrado en la fábrica química abandonada, y no estoy seguro si habrán dicho que le falta una oreja. La verdad es que no sé si llegan tan al detalle o si está en el secreto de sumario por la investigación policial. También te puedo precisar que el cabello era castaño oscuro.

—Sobre lo que comentas de la oreja, no lo dice, ni el cabello tampoco, pero todo lo demás sí coincide con lo que decías —pronunciaba Juan como un robot con una expresión tristísima que, sin embargo, me divertía.

La deglución de la caña de cabello de ángel a grandes bocados era parte de la puesta en escena, y conseguía así turbarlo aún más y ponerlo en situación de impresionarse al máximo en cualquier momento. Así le dije:

—Ahora te voy a dar una cajita. Esa cajita la tengo en el bolsillo de mi cazadora. Espera un momento.

Me levanté sacudiéndome un poco las manos de los restos del hojaldre de la caña, me di la vuelta para encarar mi cazadora que estaba suspendida en uno de los colgadores del panel separador, y buscando en un ancho bolsillo de esta, extraje envuelta en un pañuelo una caja de plástico blanca de grande como la mitad de mi mano y que se encontraba cerrada por el encaje de las dos tapas que la formaban. Me volví a sentar y la dejé encima de la mesa. Simplemente me quedé observándola, esperando la reacción de Juan. Finalmente, me preguntó lo obvio:

—¿Qué hay en esa caja?

—¿No la vas a abrir tú? Tal como eres me extraña que no la hayas abierto por ti mismo, sin preguntar ni nada.

—Por favor, dime que hay en esa caja.

—La prueba definitiva —le indiqué como si ya no me importase nada del tema y todo fuera anecdótico.

Juan la cogió con la mirada apesadumbrada, completamente diferente a cómo había entrado en el café. Se quedó mirando el objeto como si fuese la maldición del faraón y justo cuando se disponía a levantar la tapa, le dije:

—Recuerda que te dije que no hicieras aspavientos. Si te pones a gritar, me levantaré y diré que lo que hay dentro lo trajiste tú. Te necesito para que me ayudes y me saques de esto, amigo, no para que me la líes. Si lo haces, tendré que defenderme.

—De acuerdo, de acuerdo. No hace falta que te pongas amenazante —contestó ya un poco sombrío y harto de todo aquello.

Abrió la cajita y su mirada se desencajó. Sus ojos se quedaron fijos, desorbitados, en una expresión de indescriptible terror sobre lo que yo había puesto en el interior de esa caja: una oreja humana ensangrentada, con algunos mechones largos de cabello castaño oscuro. Una oreja no muy grande y delicada que lucía un pendiente. Se la quité de las manos, aprovechando el estado de parálisis en que se encontraba, no sin antes haberme puesto un guante. Acto seguido, le dije:

—Bueno, ahora esto solo lleva tus huellas dactilares. Perdona que actúe así, pero era un seguro para que no hicieras nada contra mí. Si te pones a gritar o haces algo, esta caja sería ahora una prueba contra ti.

—¿Por qué me haces esto? ¿Qué quieres de mí? —me preguntó desesperado y lleno de asco.

—Te lo he dicho, necesito tu ayuda para salir de esta. Y aunque somos amigos, tampoco lo somos de la infancia o íntimos y no sabía la reacción que podrías tener. Necesitaba tener una salvaguarda si me hubieses salido con alguna reacción inesperada. Aunque, de hecho, actualmente y en esta ciudad eres mi mejor amigo y me alegro de que no hayas reaccionado mal.

Eso era un pretexto perfectamente calculado. Yo sabía cómo iba a reaccionar con un noventa por ciento de fiabilidad. Lo conocía y estas últimas frases le iban a hacer creer que iba a tener una notable influencia sobre mí. Las rematé con una amistosa mano apoyada en su hombro y una mirada suplicante por mi parte. La figura del colega confesor que nunca fue se impuso como algo que le atrajo para mis fines.

—De acuerdo, te ayudaré a salir de esto. Pero me tienes que explicar más cosas y, por cierto, ¿no sería mejor que te entregases? Quizás yo pudiera declarar en tu favor —dijo con una leve recomposición de su estado de pánico y confusión.

—¡Sí, claro! Precisamente quería que me acompañases donde ocurrió todo y te cuento los detalles. Así entenderás por qué lo hice y comprenderás que hay aspectos que pueden ser hasta atenuantes.

—Me parece bien —repuso con creciente alivio.

Pagué la cuenta directamente en el mostrador, ante la mirada molesta del camarero y su extrañeza al ver el semblante agotado y descompuesto y la mirada ojerosa que presentaba Juan. En efecto, parecía un desecho en comparación con lo ufano que había entrado en el café.

Salimos a la calle, golpeándonos la cara con el frío de ese invierno, por fin verdadero entre tantos inviernos cálidos y le dije que iríamos en mi coche. Él no puso objeción alguna. Se veía en la necesidad de realizar una buena obra, y yo lo sabía. Me acompañó fielmente, siguiéndome, hay que decirlo, como un perrito. Sin mediar una sola palabra, nos metimos en mi coche y emprendimos el camino a la calle D, en el polígono industrial de C, otra zona ruinosa y abandonada, víctima de las crisis que el sistema económico siempre requiere en su sinrazón, una sinrazón paradójicamente comprendida, mientras que la mía era lo más horrible, absurdo a todas luces. Todo el tránsito fue silencioso. Aparqué en el lugar de destino de cualquier manera, pues nadie frecuentaba ese ruinoso lugar. Juan me siguió igual que hizo en el centro de la ciudad. Llegamos al patio interior de una fábrica abandonada, una antigua zona de recepción de mercancías y allí fue donde empecé a explicarme:

—Pues bien, fue aquí donde empecé el trabajo, por llamarlo de alguna manera. La cité en otro lugar porque necesitaba explicarle algo importante. Era así, y era también lo que motivó lo que vendría después. La influencia sobre mi padre era clarísima. Era su amante, eso no tiene discusión, y que la herencia que me correspondía se perdiese iba a ser un hecho consumado, sin contar el hecho de perder para siempre lo poco que me quedaba de trato con mi progenitor.

—¿Crees eso es motivo suficiente para matar a alguien?

—¿Quitarme el poco cariño que quedaba con mi padre e insultar a mi madre? Creo que sí, pues ¿cuál hubiese sido su siguiente paso?

—¿Y estabas tan seguro de todo eso?

—Sí, y de cómo ha trastornado a mi padre.

Juan hizo un gesto de consternación, miró en derredor suyo y suspiró. Pensó un momento en silencio, mientras era observado por mí. Seguía con preguntas en su mente:

—¿Por qué me tenías que traer aquí para explicarme esto?

—Primero, para estar lejos de los demás; segundo, para que te hagas una idea clara de cómo ocurrió. Ahora llegaremos a la zona acordonada por la policía —le contesté en un tono casi burlón.

—No hace falta, ya he tenido suficiente —repuso Juan con enorme cansancio.

—Pero si aún no te he revelado cómo me puedes ayudar. Era lo que te quería decir y no lo iba a hacer en un bar, con tantos testigos que te hubiesen visto con la caja blanca. En realidad, también te he hecho venir aquí pensando en ti —le dije con un tono amable y comprensivo.

—Bueno, dime ya, por favor, en qué te puedo ayudar entonces.

—Tienes que ayudarme a acabar con mi trabajo.

—¿Qué trabajo?

Había conseguido algo que estaba buscando. Deseaba acabar la conversación obligándome a presentar la conclusión de todo este embrollo. Era un individuo que estaba acostumbrado a ayudar, como forma de tener influencia en los demás, la única que podía ejercer en su vida. Así le dije:

—Ese trabajo para el que necesito tu ayuda es el de matar a mi padre. ¿Comprendes, Juan? Ahora ese viejo estúpido removerá cielo y tierra para saber quién eliminó a su… amante. Y tal y como va nuestra relación quizás no le importe imputar a su hijo como sospechoso. Ya sabes que tiene influencias.

—¿Qué? —respondió Juan, sumido ahora en la mayor de las confusiones.

Entonces sería cuando le tendría que dar el remate, y le solté la verborrea sádica que tenía preparada para así provocar la situación esperada. Un discurso que lo dejase loco, por el sinsentido y la locura que iba a mostrarle, a la par que lo tuviera atónito y distraído, que no se percatase de que el fin de todo era él mismo.

—Si uno se pone a pensar en todo esto, una vez que esa amante estuviese muerta, conociendo a mi padre, no buscaría consuelo filial en mí, yo no tendría reencuentro alguno con él. Lo conozco, directamente intentaría encontrar una sustituta de la asesinada. Es una persona vil al fin y al cabo, aparte de un mujeriego obsesivo, enfermizo y, por descontado, aún teniendo otra concubina lanzaría a la policía, como sabuesos que comen de su mano, para castigar la muerte de la primera. Mira, te lo voy a detallar minuciosamente. Te voy a explicar paso a paso y comprenderás por qué te necesito. Piénsalo, eso te hace especial.

Me interrumpí en mi verborrea y vi como Juan parecía estar al borde del *shock*. Estaba, por otra parte, como quería, sumiso y callado. Cualquier expresión retórica hubiera sido escuchada igual que un aspecto clave. Reconocía que había que decírselo de manera bien gráfica, tortuosa y exasperante, todo lo que pudiese. De esa manera le haría reaccionar de ese estado:

—Primero de todo, que no es fácil clavarle un cuchillo a alguien y que perfore piel y músculo para matarlo, sin olvidar que esté suficientemente afilado para eso. No, no es sencillo proponérselo y mucho menos escoger el momento más idóneo (sin testigos, con coartada, limpiamente, en silencio, etcétera). Hay que estudiar el lugar de incisión para que, o bien sea todo muy rápido y no grite, o el dolor lo ahogue y tampoco grite. Pero ¡ah! He aquí que si quiero que se percate de mi ira, del merecido fin que le tenía preparado, que si quiero que lentamente sienta cómo estará su carne seccionada y sangrante, no pueda ser tan funcional, como ya lo fui con su amante. Habría que ponerle algo más de sentimiento. Necesitaré que de entre sus gemidos y gritos pueda yo remarcarle el fin esperado y las justas motivaciones que encierra el hecho. Finalmente, toda esta necesidad que te comento me obligaba a buscar un cómplice que me echase una mano, que sostuviese al viejo mientras lo masacrase o una mano que le tapase la boca o que avisase de la cercanía de cualquier eventual intruso. Es ahí donde entras tú, Juan, amigo mío. No querría tener que matar a cualquier testigo inesperado, cualquiera que pudiese presentarse por azar. Eso sería imperdonable. Me quiero limitar a quien realmente le está destinado este fin, por eso necesito a alguien que vigile, y si es necesario que me asista. Así, como puedes ver, tu ayuda, precisamente para que acabe todo esto, es completamente esencial.

—¡Eres un maldito loco! ¡Eres un asesino de mierda! ¡Ahora mismo llamo a la policía! Me voy de aquí, aunque sea andando.

En efecto, emprendía la marcha inmediatamente, lo que yo esperaba y quería. Lo tenía de espaldas en el lugar adecuado. Se disponía a salir de ese funesto patio mal iluminado por el mismo sitio por donde habíamos entrado. Entonces, avancé rápidamente unos metros hacia él, suplicándole:

—¡Juan, Juan! ¡Por favor, no te vayas, te necesito! ¡Te lo suplico! Necesito salir de esta situación.

Eso era primordial, pues la súplica de un loco no suele entenderse como algo atemorizante, al menos para el tipo de persona que era Juan, el tipo de persona que se crece con quien se encuentra degradado ante él. Así pues, él seguía su marcha confiado en salir de aquel lugar sin correr, ni considerar que pudiera correr riesgo. Eso era así porque le había dado a entender en todo mi montaje una expresa vulnerabilidad emocional y una necesidad enfermiza de ayuda.

Todo estaba saliendo como había planeado, y de esta manera me daba la espalda para irse, sin cuidarse de nada. Así, mientras le seguía guardando cierta distancia, prolongando mis súplicas, al mismo tiempo me aproximaba a una esquina de la salida, donde en una lúgubre penumbra yo había dejado esa misma mañana una poderosa y afilada hacha. Fue cogerla, dar dos zancadas rápidas más y clavársela en su espalda al desprevenido Juan con toda la fuerza que pude. Este cayó ahogado de dolor, emitiendo un quejido ansioso. Su caída me facilitó las cosas, pues apoyando el pie en él pude desclavar el hacha y rematar mi obra con cuatro o cinco golpes más. Con las profundas y sangrantes heridas que tenía, ya era imposible que estuviese vivo.

Y así fue como acabé con mi amigo. La oreja que estaba dentro de una cajita la tomé prestada de la sala de disecciones de la Facultad de Medicina; la sangre era de carnero, y la noticia la había leído por supuesto antes de entrar en el café. ¡Ah, los mechones color castaño oscuro eran de mi novia! La muerte de alguien había sido un engaño, una ilusión, una trampa para provocar la muerte de alguien.

«Esa fue la historia que Damián estaba explicando al inspector R… Detallada de cabo a rabo, sin interrupciones, con total atención y hasta con embelesamiento del policía. Damián, aprovechando un encuentro multitudinario, realmente grande, de su dilatada familia, se encontró con R, el marido de una prima segunda suya, al que ya conocía y con el que había tenido agradables conversaciones. Muy probablemente podría aprovecharse de esa afinidad, así que atrajo su atención para sí y le soltó sin más el truculento relato de ese supuesto crimen, con todo lujo de detalles».

—Pero, Damián, dime, esto es una fantasía, ¿no es cierto? Todo esto es parte de tus relatos, aunque esta vez ha sido de bastante mal gusto, con un tono sádico y morboso que no me ha gustado nada. Vamos, dime, esta historia ha sido una invención tuya, ¿verdad, que sí? ¿Eh?

Damián permaneció callado con una extraña sonrisa y la mirada perdida, y con un suave cabeceo casi imperceptible como respuesta dio a entender que no, que había ejecutado todo ese plan. Nada era explícito, pero esa mirada y su negación con la cabeza, malsana y perturbadora, parecían confirmar que era un asesino psicopático, neurótico, sin motivación real. El inspector R susurró «no me lo puedo creer», mientras Damián hacía un poco más evidente ahora un movimiento afirmativo. El inspector no había tenido experiencia alguna de este tipo, a pesar de llevar diez años en el cuerpo. Era, de hecho, bastante joven y su cargo era muy reciente, por lo que todo aquello, viniendo además de un familiar en un entorno de supuesta paz y concordia, le llegó a superar de alguna manera y así forzarle a estallar. Consideraba ese relato hasta blasfemo, tanto por las fechas que eran como por la manifiesta fe, conocida por todos. Por ese cúmulo de circunstancias, sin poderse contener más, dejó la copa que tenía en la mano y alzó notablemente la voz, para decirle:

—¡Ahora mismo quedas arrestado por sospechoso de asesinato! Voy a llamar para pedir refuerzos.

Pero Damián parecía tenerlo todo controlado. Con el inspector también. Primero porque conocía todos los detalles de su persona para que reaccionase así, y segundo porque había calculado en ese exacto momento el paso de uno de sus tíos más queridos a pocos metros de ellos.

—Pero… ¿qué estás diciendo? ¿Qué ha hecho mi sobrino?

—¿Que qué ha hecho? Me ha estado contando cómo ha cometido un asesinato.

—¡Venga ya! Si es novelista, ¿o es que no lo sabías? Y además… ¡Oye! ¿De qué asesinato hablas? ¿No me digas que es el de Juan en la fábrica abandonada?

El inspector R se quedó perplejo unos instantes con el móvil en la mano cuando se disponía a llamar a la Central de Policía, pensando que había estado a punto de hacer el ridículo. Al percatarse el tío Norberto, que así se llamaba, de cómo el oficial de policía se había tragado el cuento de su sobrino, soltó una carcajada, sonora y alegre, que en parte distendió un poco la situación.

—¡Claro, el asesinato de Juan, cómo no! —dijo R intentando encajar la broma y acompañar la hilaridad del tío Norberto.

—Menudo está hecho este Damián —concluyó el tío, dando una palmada al inspector en señal de condescendiente comprensión.

Ahora Damián había recuperado su aspecto normal, su mirada consciente, con cierta sonrisa pero sin esa sorna especial. Había aprovechado el momento en que R estaba hablando con el tío Norberto para servirse una copa de algún licor anaranjado amarronado y, de repente, decirle a este:

—Bueno, si me disculpas, he de irme. Se ve que me han llamado mis padres.

—Pero... —balbuceó R, sin poder decir nada más.

Damián se fue como el viento, rápido y de manera natural. En efecto, le llamaban sus padres, aunque, como siempre solía hacer, simplemente lo tenía calculado para ese preciso momento. El inspector R acabó la velada con la cena familiar de Nochebuena, viendo a Damián bien lejos de él, pues tampoco era un familiar tan directo, y marchándose lo antes posible lleno de dudas, sospechas y tribulaciones de muy diversa índole, que ahora no podría solucionar y que le dejarían insomne esa noche que tenía que ser especial para él. Elena, su esposa, lo notó raro, pero siendo ella también una mujer piadosa, esperando la buena voluntad entre los hombres, incluido el suyo, no lo atormentó con preguntas, aguardó a que se le pasara y dispuso todo para dormir con todo el candor posible para su amado esposo. Al día siguiente, ella seguía viéndolo circunspecto y se lo comentó, cuando se encontraba en su despacho sentado y repasando con aire preocupado algunos documentos:

—Cielo, dime, ¿qué te ocurre? Desde ayer que salimos de la cena en casa de los tíos estás raro, taciturno y, que yo sepa, te has llevado siempre bien con ellos. Sé que haces buenas migas con Damián, ya lo conocemos...

—¡Damián! Precisamente él. Viste que estuve hablando un buen rato con ese joven, ¿verdad? —El inspector R interrumpió a su mujer algo irritado, más pensando en el nombre del bromista que en la atención de ella.

—Sí, me pareció que estaba muy interesado, ¿o no era así? —respondió Elena con sorpresa.

El inspector se acomodó en el respaldo de la silla intentando relajarse, pero apretó un puño por debajo de la mesa de su despacho y se quedó mirando al vacío con una mueca de incordio, casi de rabia, por esa enorme duda. Quería una Navidad como Dios mandaba, una tranquilidad en su hogar, y le había sido arrebatada por esa sórdida historia. Al cabo de unos segundos respondió a su mujer:

—Pues tu querido primo ha jugado conmigo de mala manera. Me ha explicado una historia, terrible, siniestra, que aún no estoy seguro de que no sea verdad.

—¿No me digas que te has creído una de sus historias? Ya sabes, que en sus ratos libres es escritor y es realmente muy creativo.

—¿Es que habla solo de sus ficciones? ¿Es incapaz de hablar en serio? No recuerdo semejante despropósito, ni tanta mala leche contando una historia. Me caía bien, en efecto, porque se podía hablar cabalmente; sin embargo, ahora…

—No te lo tomes así, ¿o es que no quedó claro que era un simple cuento?

—No lo sé, quizás tenga que hacer algunas averiguaciones. Pensar en trabajo, siendo además un tema desagradable con mi familia, es algo que no me esperaba para Navidad —dijo R, cada vez más malhumorado por las consecuencias de semejante historia. Ahora vería que incluso estaba afectando a la opinión de su mujer.

—Quizás estés exagerando.

El inspector se quedó mirando de reojo a Elena mientras ella se iba hacia la cocina, como otro indicativo más de esa familia llena de tradición y costumbres, algunas rancias, pero que aquel hombre quería conservar a toda costa. Por eso, intentó calmarse. Navidad era el día especial que su fe tenía señalado. Al día siguiente todo habría pasado. Pero desde la cocina, alzando ligeramente la voz, Elena le preguntó una cosa que acabó por amargar al inspector:

—Una preguntita nada más, cielo. ¿No será la historia de un tal Juan que al final mata en una fábrica con un hacha?

El inspector no dijo nada, no quiso decir nada. Miró hacia la cocina con los ojos desorbitados. Aquello parecía una especie de complot para hacer que quedase como un estúpido. Pero su tardanza en responder le delató penosamente. Elena soltó una sonora carcajada desde la cocina. A partir de entonces, el pobre hombre tuvo que tragarse mucha rabia para preservar la paz de lo que quedaba de ese sagrado día. No obstante, cuando Elena volvió de la cocina, al ver a su esposo enrojecido y con el rostro marcado por una expresión iracunda que no podía controlar, intentó no tocar más su sensibilidad para el mismo fin: consagrarse a un preceptivo día de paz y armonía, en el que debía recibir en esta ocasión a la familia de él. Por suerte, los temas más prosaicos y anodinos de la familia de R consiguieron calmarle para lo que quedaba de día. Pero la determinación para la jornada siguiente estaba ya fijada: iba a investigar a Damián.

Así, nada más empezar la mañana, a pesar de poder disfrutar de más días de vacaciones navideñas, el inspector se personó en su comisaría con la intención de llevar a cabo las indagaciones posibles sobre Damián. Pero quizás la ira en la que se veía sumido le forzó a buscar donde no encontraría nada. Damián no tenía antecedentes de ningún tipo, ni multas de tráfico, ni siquiera ningún tipo de amonestación en años más jóvenes y díscolos, lo típico de la adolescencia. No, Damián era un niño bueno, el favorito de cualquier madre, el novio modélico que desearían para sus hijas, porque además, como ya sabía, era culto, cumplía con su trabajo como ingeniero industrial técnico, reciente pero prometedor, y era agradable y buen conversador cuando quería, como ya pudo comprobar el inspector. No pudo encontrar nada, ni siquiera en su actividad reciente. Todo era correcto, normal y hasta ejemplar. Empezaba a pensar que no solo había conseguido hacerle quedar en ridículo, sino que además le había hecho perder un tiempo valioso con su familia. Sin embargo, había algo que seguía escamándole sobremanera: ¿por qué le había contado esa historia del asesinato como si fuera una novela al resto de personas? A su tío Norberto, a su propia mujer Elena, cuando menos. En ese acto, R veía que había una intención deliberada de que él lo creyera. Él, inspector de policía, persona metódica, disciplinada y tan observadora de las normas… Parecía una especie de juego o desafío, parecía que quería sentirse superior jugando con quien podía realmente castigarle, en caso de que lo hubiese hecho. Esa supuesta intención, que venía indicada por la curiosa diferencia al explicarle la historia a R, le hacía dudar, le hacía pensar respecto a que hubiese algún tipo de delito real detrás.

Cuando R empezó a cansarse de buscar, y lo mostraba significativamente paseándose por los pasillos de la comisaría, pudo escuchar tras las puertas semiabiertas del despacho de denuncias una llamada telefónica en la que se hablaba de una desaparición, pues tenía el oído bastante fino. Se paró y sólo pudo escuchar los últimos fragmentos de la conversación, entendiendo que el desaparecido se llamaba Andrés. El agente que tomaba nota de todo se dirigía para informar de todos los datos tomados cuando se topó con el inspector, que estaba justo delante al salir del despacho. El inspector le preguntó directamente:

—Fernández, haga el favor, dígame si el denunciante le ha comunicado desde cuándo echan en falta al tal Andrés.

—Es la denunciante, inspector. Es su madre, que vive con él. En realidad llamó ayer, pero le dije que hasta pasadas veinticuatro horas, no procederíamos a realizar búsqueda alguna.

—Bien, ¿se tienen algunos indicios?

—Nada, inspector. Que salió una mañana sin dar explicaciones y desde entonces no se ha sabido de él.

—¿No hay de momento nadie sobre el caso?

—No, nadie asignado aún.

—Pues deme los datos de la madre. Voy a encargarme.

—Ahora mismo, inspector.

El inspector se dirigió con los datos a una avejentada vivienda, una casita techada con tejas rojizas, pintada de ocre, muy típica de los años cincuenta. Estaba abarrotada de tiestos, con un minúsculo jardín y con un descuido y mugre que parecía parte de la decoración pintoresca de la casa. En el interior de la casa el panorama anciano era el arquetípico: papel pintado en las paredes de hace cuarenta años, porcelanas mugrientas en infinidad de aparadores, muchos gatos y olor a naftalina y a viejo. La anciana, una mujer rechoncha y canosa, estaba desesperada e irritada. Entre maldiciones y respiraciones entrecortadas fue explicando infinidad de detalles de la vida del hijo, de su vida, de la de su marido y la de todos sus tíos, mientras entre tanta verborrea el inspector seleccionaba los datos clave.

—Es mi niño, ¿sabe usted, agente? Dios no quiera que le haya pasado algo. No tengo a nadie en la vida y le quiero con todo mi corazón.

—Inspector, por favor. Soy el inspector R. Mire, haremos todo lo posible para que Andrés vuelva. Pero para ello necesitamos que nos dé una descripción lo más detallada posible del día de su desaparición. Me ha explicado cosas muy interesantes, pero se le ha pasado explicarme ese detalle —respondió con cierta amargura el inspector.

—¡Ay, perdone, agente! Pues iba con una chaqueta tres cuartos, que en realidad se había comprado en una tienda de saldos. Mire, ya no me acuerdo si fue un bazar chino o un mercadillo de gitanos, pero yo se la recosí y reforcé como buena madre que soy, porque mi pobre Andrés lo único que quiere es ser ahorrativo —contestó la madre con tristeza en los ojos y un labio tembloroso.

—Muy bien, señora. ¿Y su hijo Andrés es corpulento y lleva sombrero? —volvió a inquirir el policía.

—Sí, precisamente era eso. Le quería decir que la chaqueta le quedaba como la tripa a una morcilla. Pero, oiga, yo se la recosí y se la puse bien. —Esa información había impactado en la atención de R, tanto que adoptó una actitud más interesada hacia la anciana y le preguntó:

—Cuénteme más, se lo ruego, y de paso ¿qué amigos tenía?

—Mire, de sus amistades no me deja saber nada. Así es el chico, ni siquiera sé si tiene novia o no. No se trae a nadie a casa, pero a veces me puedo enterar que va a una tertulia de literatura y esas cosas. No estoy segura, espero que sí, porque es una cosa buena, ¿no le parece? Entonces, yo… Mire, mientras sean cosas sanas, pues no le diría nada a mi Andrés. ¿Cree que puede venir de ahí que haya desaparecido? Sería muy raro, ¿no cree, agente? —repuso la mujer, esperando alguna palabra del policía que le indicase que todo iba por buen camino, pero el agente con su método y su profesionalidad no fue expresamente muy alentador:

—No puedo decirle nada, señora, al menos aún. Hemos de considerarlo todo. Y ya me disculpará, pero agente no, señora. Inspector, inspector R. Se lo ruego.

—Perdone, perdone. Es que tampoco estoy acostumbrada a recibir agentes, ni inspectores, ni nada por el estilo.

El inspector R notaba que por su irritación existencial estaba indisponiendo a la mejor información que tenía sobre esa desaparición. Se relajó y, volviendo su atención ahora más agradable, le dijo a la madre de Andrés:

—No se preocupe, encontraremos la pista de su hijo Juan. Perdone, quería decir su hijo Andrés. Explíqueme todo lo que pueda sobre su vida y seguro que sacamos algo en claro.

Aunque la mujer se extrañó de ese error del inspector con el nombre de su hijo, procedió a explicarlo todo, ella también relajada, porque necesitaba desfogarse como ya le demostró al llegar a la casa. Y así lo hizo pues. Fueron dos horas y media ininterrumpidas sobre la vida y milagros del tal Andrés, alias Juan en la historia de Damián.

Sin embargo, Andrés apareció al cabo de una semana, alegre, cambiado, diferente. Le había tocado un premio de lotería, y antes de que su madre se lo requisase o se lo gastase en reformar esa rancia vivienda que abominaba, decidió correrse una juerga con viaje a París incluido, haciéndose así desaparecer a pesar de la reprimenda que le esperaría. Lo curioso era que, en efecto, era amigo de Damián y allí estaba en tertulias de corte más o menos literario. Quizás Damián estaba ya informado sobre su escapada y lo aprovecharía para burlarse del iracundo inspector R.

El inspector pasó meses sin volver a intercambiar una sola palabra con su familia política. Veía el semblante y el tono de voz de ese bergante de Damián en cada uno de ellos. Pero al mismo tiempo ese creciente odio le hacía estar muy atento a cualquier evento, pista o suceso que pudiera asociarse a una eventual fechoría de ese bufón sin ley que era para él el listísimo Damián. Estaba seguro de que si de esa sibilina y astuta manera se había burlado, ¿qué no podría hacer más? Fue con esa atención casi paranoica que se enteró de la aparición de un cadáver sin reclamar al norte de la provincia de S, limítrofe con su municipio. Sin pensárselo dos veces, llamó a la comisaría que llevaba el caso y pensó que podría ayudar, aportando un posible sospechoso. Pero al cabo de un par de minutos de conversación se disculpó y se dio cuenta de que no tenía nada de nada. ¿Tan mal estaba? ¿Tan obsesionado?

Al día siguiente, R recibió una llamada de Damián, inesperada, curiosamente coincidente con lo que había sucedido y muy molesta:

—Hola, tío. ¿Cómo vas? —respondió una voz conocida al otro lado del hilo en cuanto pregunto quién era.

—¿Damián? ¿Eres tú? —preguntó el inspector, más por estupefacción que por asegurarse de quién llamaba, pues esa voz la reconocería entre un millón. Su sobrino político obvió la respuesta:

—Hace mucho que no sabemos de ti. El otro día mi madre estaba planeando hacer una cena en familia y me acordé de ti.

No nos hablamos desde Navidad, después de aquella interesante conversación.

El inspector titubeó unos segundos antes de responder. Parecía parte de un juego, parecía una coincidencia, pero sobre todas las cosas le conmocionó y sabía que no debía dejarse llevar como lo había hecho antes.

—Sería una buena idea, sí. Pero ya veremos, he de ver cómo voy de trabajo. Gracias por acordarte de mí, Damián.

—¿Tienes mucho trabajo, tío? Espero, de corazón, que no tengas casos duros. Ya sabes, cadáveres sin pistas y esas cosas. —De nuevo, el inspector se quedó petrificado, pero volvió a pensar que si le daba de qué hablar, caería en su juego, y así le respondió:

—Como supongo que sabrás, eso no se puede revelar. Ya cuestionar algo así a un inspector no es para nada adecuado. Y piensa que te lo digo de una manera suave, porque eres parte de mi familia. Ahora, si me permites, he de hacer cosas y... —El sobrino le cortó:

—Entonces ¿he de decirle a mi madre que no contemos contigo? ¿No será porque te hayas enfadado por algo?

—No, no. Por supuesto, pero no te preocupes, seré yo quien llame a tu madre si puedo ir. Gracias de nuevo por contar conmigo. Ahora, como te dije, tengo que... —Damián le cortó de nuevo, provocándole una suma irritación.

—De acuerdo, tío. Hasta luego, espero verte pronto.

Y sin esperar respuesta, Damián colgó el teléfono. El inspector tenía lo que quería, pero no de la manera que quería y, por supuesto, en ese momento debería hacer alguna de sus actividades favoritas para evadirse de la sorda ira que se había instalado en su psique tras esa odiosa llamada.

A lo largo de unos meses más fueron apareciendo algunos cuerpos en similares circunstancias, algunos accidentados perdidos en la montaña, algún mendigo quizás muerto de hipotermia, o no. Pero por esa enloquecida ansia, el policía también llegaba a fijarse en todos los desaparecidos de la provincia, del país y hasta del mundo. El inspector R dejó de buscar, dejó de intentar saber nada más. Podía volverse loco, como ya lo parecía ante su familia, ante su propia mujer y ante Dios.

Así, Damián, tú o yo pudiéramos haber dado muerte a alguien física, figurada, literal o literariamente, sin saberse, sin resolverse jamás, desaparecido no reclamado ese cadáver literal y literario, ¿quién nos iba a creer igualmente?

2. Donde me lleven los demonios

Mi nombre es Martín Ponferrada, cosa que no viene mucho al caso, a pesar de cierta fama que adquirí. Lo digo por el defecto de presentarme siempre, aunque sea por educación. Pues bien, voy a explicaros en estas líneas mi increíble historia, antes de que me hiele el frío de algún invierno o de que me rocíen con gasolina y me quemen vivo algún grupo chavales neonazis por su caprichosa manía de condenar a muerte a cualquiera por su condición de mendigo en el tribunal de sus cuatro neuronas. Os lo explicaré por si le pica la curiosidad a alguien, por si acaso os hace gracia y, claro, como terapia contra mi depresión, a modo de perturbado acompañamiento de esta soledad de vagabundo.

De entrada, mi vida hasta los treinta y tres años no había sido gran cosa, más bien algo tirando hacia la tragicomedia, a la mediocridad y a veces al desastre. Y ya sabéis cómo se toman estas cosas en este país: a cachondeo. Pues eso, yo era el hijo mayor de unos trabajadores que sin pena ni gloria accedí a la universidad para estudiar empresariales, y logré acabar los estudios también sin pena ni gloria, con un año de retrasillo. Total, que era un licenciado. Un hito al que nadie de mi familia había jamás llegado y que mis padres ni siquiera habían soñado. Hablo de una época en la que aún se hacía la mili, en la que en las familias estaba arraigado el concepto de hacerse un hombre en los barracones y entre fusiles, y también era una época en la que yo era muy influenciable por mis padres. No quise tener conflictos con nadie de mi familia y pensé que sería incluso una forma barata de sacarme el carné de conducir. Por desgracia me tocaron las COE de Mallorca. De este modo, ese año empezó el tormento, como si le hubiese molestado a alguna alevosa divinidad que el hijo de un obrero quisiera cambiar el destino de su familia. Ese mismo año ocurrió la muerte de mi hermano por sobredosis de heroína, y así, con mi moral por los suelos, tuve que cumplir con la patria. Como un estigma de mi familia, y de mi vida, siempre nos ha tocado ser las víctimas más silenciosas de las desgracias que más ruido han hecho, como era el caso de las torturas que no sucedían en el ejército y que yo no sufrí en ninguna maniobra.

Intenté reponerme durante un año tranquilo, que fue tranquilo porque tras meses y meses de buscar trabajo no encontré nada. Aparte de que nos encontrábamos en una crisis económica, me debían de ver la pinta de traumatizado, desgraciado y desesperado. Aquel «apacible» año acabó con una cena de Navidad en la que mi padre sacó toda su bilis de prejuicios y rabia, y me echó de casa bajo las acusaciones de vago, blando, débil, parásito y todos sus derivados.

Estuve un par de años viviendo en casa de mi abuela, alternando algún tiempo en casa de una tía mía, y así, sin necesidad de pagar un alquiler, pude ahorrar el dinero que ganaba en otros trabajos más explotadores: reparto de publicidad postal, peón temporal en fábricas y alguna vez ayudando a otro tío mío, que era albañil. Y aún gracias a la influencia de un primo mío, porque hasta para descargar en un almacén hace falta ser del gremio o tener una experiencia muy grande. Yo, hasta entonces no sabía que experiencia era sinónimo de rutina descerebrante.

A través de mi familia, mi padre se enteró de mi nueva situación y, al parecer, enterarse que su hijo tiraba años de estudio por la borda y se dejaba mal pagar para poder sobrevivir le pareció muy *honrao*. Entonces me ofreció volver a casa, y como ya me había dado muestras de su paternal confianza, le dije: «No, gracias, papá. Tal y como tú me enseñaste a ser, he de ser hombre hasta el final». Lleno de orgullo, de autosuficiencia y, cómo no, de despecho a quien me había tratado como un caballo de carreras, no volví a pisar el mismo suelo que el suyo, que era, además, por donde solía mear en acto de territorial hombría. Yo entonces tenía dinero y con el aval de un gran amigo mío me pude instalar por mi cuenta y empecé con mi propio negocio. Por fin aplicaría mis conocimientos de empresa y gestión, adquiridos de manera más o menos endeble, pero con la necesidad vital de darles algún sentido.

Por aquel entonces, justo el día que inauguraba mi primer local y no sé si por los disgustos, mi madre murió de un ataque al corazón. Mi conciencia, mi moral y mis ánimos quedaron de nuevo destrozados. Pero en memoria de mi madre, y siguiendo su ejemplo de paciencia y bondad —así lo demostró aguantando al zote de mi padre—, decidí no tambalearme y seguí con ilusión en mi negocio. Por fin aplicaba tantos años de universidad, con la esperanza de que teoría y práctica tuvieran alguna conexión. Durante algún tiempo en los inicios empecé a ganar dinero de verdad, a pesar de trabajar muy duro y muchas horas. Pero había un inconveniente que acabaría siendo mi perdición: tenía ética y conciencia. Tal como van las cosas, y yo no me quise enterar, las ganancias y la supervivencia dependían de la falta de escrúpulos, y así lo empecé a notar el segundo año. El primer año, no obstante, me fue muy bien, incluso una de mis empleadas se enamoró de mí e hicimos planes de boda, pero el futuro lo veía con pesimismo, lo cual no me atreví a revelar a mi amigo avalista.

Para colmo, sobrevino una huelga general. No es que yo tuviera algo en contra de mis empleados; al contrario, estaban en tan buenas condiciones que ellos no necesitaban ni deseaban ir a la huelga. Aquel día no aparecí por la empresa; de hecho, les insistí en que sería mejor perder un día de trabajo para evitar conflictos con huelguistas o piquetes. Pero no me hicieron caso, y de nuevo mi bondad, esta vez por permitirles decidir por sí mismos, fue mi perdición. Uno de mis trabajadores se encaró con un piquete. Hubo insultos, después pelea y, por último, asalto y destrucción del negocio. No podría haber perdido mi negocio de manera más cómica. Como consecuencia, mi «novia» se desinteresó por mí, aunque eso no sé si fue bendición o desgracia, y mi «amigo» retiró su aval. Eso sí que me destruyó de verdad.

Por todas esas cosas que me fueron pasando, debido a una educación muy muy especial, jamás profería insultos soeces sino que maldecía citando diablos o demonios. Recibí una paliza de campeonato cuando mi padre oyó de mí cierto tipo de palabrotas, las típicas de la adolescencia cuando te fastidia algo. Eso me desanimó a soltar una sola palabrota más en su presencia. Luego, mi entorno de amigos era increíblemente pijo, o sea, que los tacos más gruesos eran de jamón. Perjurar de esa manera, a base de diablos y demonios, lo haría como último y definitivo momento culminante de mis desgracias y esa acumulación de improperios aludiendo a los esbirros de satán, de una manera más o menos cómica, sería el origen del giro inesperado en mi vida o, más bien, el inicio de mi «otra vida».

Mi cúmulo de desgracias durante todo ese tiempo me llevó a invocar 666 veces a diablos y demonios. Por increíble que parezca, tal cosa despertó la ira de los habitantes del averno a los que aludía, y vinieron a hacerme una visita. ¿Qué más me podría pasar? Me detendré a explicar cómo pasó todo con todo lujo de detalles, porque además de ser lo más extraño e increíble, dejó en mí una huella imborrable, y cuando muera algún día, será seguramente uno de mis últimos pensamientos.

Una noche en la que llegué a casa tarde y fastidiado, sonó inoportunamente el teléfono y se me ocurrió maldecir diciendo «¿quién diablos será?». Esa fue la vez que llegó justo a las 666 invocaciones involuntarias de los habitantes del Hades. Entonces, se abrió súbitamente el suelo de mi piso con un temblor terrible, dejando una escarpada y profunda sima en el comedor. Me asomé para inspeccionar aquello, pero no pude ver más que una espesa bruma, incendiada y abrasadora, y en el interior de ese agujero se podía ver como estaba rodeado de paredes rocosas, lo cual era increíble, porque yo vivía en un quinto piso y el agujero no parecía atravesar los pisos del inmueble. Enseguida pude distinguir dos figuras que aparecieron levitando en ascensión hacia mí desde abajo. A cierta altura pude ver que eran dos demonios, con su típico y terrorífico aspecto de demonios, casi «hollywoodianos». Llegaron hasta mi altura, posándose luego en el suelo que aún quedaba de mi apartamento.

«Martín, nos vas a acompañar, te guste o no» fue lo que me dijeron con voces guturales y profundas. Y yo, la verdad, casi les acompañé para romper la rutina de la desgracia. Total, no tenía ni un céntimo para salir, ni nadie con quien ir. No me pareció una alucinación, ni un sueño; de hecho, lo cuento porque todo aquello acarreó mi posterior auge y caída, cosas que mucha gente sabe que no fueron alucinación ni sueño.

En cuanto me dejé custodiar por aquellos monstruos, los tres levitamos encima del agujero y, acto seguido, sin previo aviso, bajamos a una velocidad de vértigo. Yo diría que incluso más rápidos que una caída, ubicándome el corazón en la boca y los testículos en la garganta, mientras mis acompañantes seguían con el semblante duro, terrible y lleno de reglamentario odio.

Al llegar al final, el calor era muy intenso, y al cabo de unos segundos, insoportable. No obstante, yo les pregunté el motivo del viaje y ellos, endemoniadamente enfadados, me explicaron el número de veces que les había nombrado en vano. Les repliqué que aquello era un poco ridículo, porque si no les nombraba, ¿es que acaso pretendían que les olvidara? Y si les nombraba una sola persona 666 veces, ¿por qué no podía ser un grupo de personas o una familia, o…? Y en aquel momento uno de ellos me ensartó un golpe de tridente en todo el cráneo. Pero, claro, a pesar del indecible dolor yo seguía consciente y «vivo», ya que en el infierno la existencia continúa condicionada por el tormento. Cuando recuperé un poco la calma y habiéndome retirado mi sangre de la cara, me comunicaron que debía permanecer un tiempo de escarmiento por mi osadía. Después atravesaríamos la gran llanura hasta la morada de Satanás, donde pediría disculpas por la afrenta. Les pregunté si les afectaba o no que yo fuese agnóstico, pero como respuesta recibí otro golpe de tridente en el abdomen. Ya me iba acostumbrando.

En efecto, pasé un tiempo en las calderas del infierno y me quemé indecibles veces. Al principio era horrible, pero como ya sabía que me tenía que regenerar para otra tortura me lo tomé como ir al dentista. Me descuartizaron otras tantas veces, y lo mismo. Pero yo también empezaba a enfadarme y pensé en la lógica de todo eso, por lo que tracé una estrategia para cuando pudiese hablar con ellos. A pesar de todo, y a pesar de lo largo que se me hacía, no se convirtió más que en una rutina de una seguridad y una exactitud matemáticas.

Cuando concluyó el periodo de escarmiento, me fueron a visitar mis dos captores, a los que para su escarnio saludé diciéndoles: «¡Demonio! Habéis tardado una eternidad». Uno de ellos, presa de la ira, viraba todo él hacia un rojo burdeos, mientras blandía su tridente. Pero enseguida me preguntaron sobre mis ánimos y mi opinión sobre si debería decir sus nombres con más cuidado. Yo les contesté: «De entrada, no os debo pagar alquiler, que eso ya es algo. Luego, la rutina es bastante segura y no exige preparación alguna, no estoy pasando ningún examen. Por último, y creo que os habéis equivocado haciendo esto, si existís es que Dios existe y él permite tal cosa. Creo que debéis considerar que vosotros no podéis meter un vivo en este mundo sin que Dios se entere. Así estáis contraviniendo una ley divina. Que yo sepa, aquí os quedáis con las almas y creo recordar que a vuestro jefe lo confinó aquí por contradecirle una vez. ¿Querríais saber las consecuencias de volverlo a hacer?». Y acabé aquí para que, con esa información, se diesen cuenta del absurdo de su situación y de hasta qué punto habían metido la pata. Los demonios se quedaron quietos, atónitos, de una pieza, vamos. Entonces me condujeron al purgatorio y me dijeron que esperase allí, que debían consultar una cuestión. En realidad, los demonios se quedaron muy contrariados y notificaron a Lucifer.

Volvieron al cabo de un tiempo con energías recobradas y con aire más intimidatorio, como si hubiesen recibido instrucciones. Me dijeron: «¿Es que acaso pretendías reírte de nosotros?», mientras me arrastraban desde el purgatorio. Me sentaron encima de unas brasas y me exigieron que les explicase por qué no había pedido clemencia, y que si no tenía suficiente, aumentarían el nivel de suplicio. Yo les volví a recordar que ese secuestro que habían perpetrado acabaría por saberlo alguien de arriba. Yo no era un alma que debiese estar allí, y si estaba allí, sólo era como resultado de un cabreo numerológico que tenían conmigo. También les advertí que si querían saber más debían sacarme de las brasas. Así lo hicieron y les acabé diciendo que, por muy terribles que sean las torturas del infierno, no es nada comparable a la incertidumbre y la soledad con la que se vive en el mundo real. En cada momento, aquí en el infierno, yo sabía qué me esperaba y, por otra parte, lo que me hacían sabía que no estaba siendo culpa mía, ni siquiera sería culpa de un ser humano. Sin embargo, en el mundo real no solo existe la angustia de la incertidumbre, sino también la responsabilidad y la culpabilidad. Porque uno mismo puede ser el causante de su propio dolor y destrucción, además de la de sus seres más cercanos. Los demonios tuvieron la misma reacción de antes. Se quedaron perplejos, quizás ante la poca eficacia de sus métodos, pero no me hicieron esperar en el purgatorio. En un abrir y cerrar de ojos cruzaron la inmensa llanura infernal, perdiéndose en el horizonte, para volver a informar a Satanás. Al cabo de unos minutos, se pudo oír desde allí unos increíbles gritos y bramidos acompañados de un eco espectral. ¡Y se oían a miles de kilómetros, según llegué a saber! Segundos más tarde pude observar un pequeño destello desde aquel tétrico y enrojecido horizonte iluminado por la simple maldad, cosa que en sí no tenía mucho sentido.

Cuando desapareció el destello, me volví y me percaté de la presencia de una figura humana que no estaba allí antes. Me espanté, esta vez sí. Esa figura, que quedaba indefinida en la niebla, era algo desconocido y, a la vez, demasiado familiar. Eso sí que es siempre causa de pavor, lo desconocido y, a la vez, vagamente intuido. Cuando se acercó hasta estar a mi alcance, pude ver ¡que era yo mismo! Entonces sí que lo estaba pasando mal. No supe qué significaba aquello. Pensé rápido, intentando buscar un sentido, y llegué a la terrible conclusión de que o bien era otro monstruo, o bien podría ser mi alma, ya apresada en ese inmundo lugar. Me callé para no dar pistas y me tragué las ganas de gritar. Dejé que ese «yo» se me acercara y hablase, y así fue cuando me dijo: «Estás delante de Lucifer, señor de las tinieblas, que toma la forma de tu persona tal y como está en ti como maldad pura». Respiré con tranquilidad, por fin alguien con autoridad con quien hablar. Tenía ganas de contestarle aquello de la maldad pura, pero me callé. Me preguntó sin rodeos lo que quería saber en ese momento: «¿Qué tendríamos que hacer para que se encontrase realmente infernal un infierno?». La recompensa que me ofrecía por responder sería, por supuesto, volver al mundo de los vivos y procurar que no tuviera más desgracias. A mí no me interesaba que Lucifer me protegiese, pero algo similar sí que me atrajo y era la posibilidad de que se manifestase en ciertas ocasiones en el mundo de los vivos. Le comenté que si se me aparecían unas siete veces con suficiente credibilidad, ya sería suficiente. Estas «ocasiones» serían las que me prepararía para mi *show* televisivo. De acuerdo, parecía un pacto con el diablo, cosa nada recomendable, pero no me pidieron mi alma, sino que simplemente les dijese la verdad y, a cambio, yo podría remontar mi vida, gracias a la fama televisiva. O, al menos, eso creía.

Entre otras cosas, Lucifer me preguntó, además, qué debía estar pasando para que hubiese tan poca gente en el infierno y que cada vez entrasen menos. El príncipe de las tinieblas tenía siempre una complaciente cara de póquer. Bueno, en realidad era la mía la que llevaba. Pero precisamente, como era mi cara la que había cogido, pude ver perfectamente que entre sonrisa y sonrisa estaba desesperadito.

Entonces le relaté por qué últimamente había menos gente en el infierno: los pecados importantes ya no son los capitales y los pecados mortales son siempre relativos, dado que o bien los hace alguien santificable, o bien deben estar ya lavados por el último catecismo de Juan Pablo II. Cuando le dije esto, hizo un gesto como que no había caído en la cuenta. Los pecados actuales llevan muchas más miserias y muerte que las ridiculeces de los pecados mortales tradicionales y le comenté cuáles eran: la ignorancia, la insolidaridad, la negligencia (con hincapié en el desastre medioambiental), el consumismo, la banca, los negocios especulativos, el racismo y la estupidez. Lucifer se quedó con la boca abierta, porque en ninguno de ellos ni se mata, ni se viola, ni se roba, ni se peca en general de manera explícita. Yo le aclaré que en todos ellos hay un frío desprecio por el resto de la humanidad y son todos ellos los responsables del increíble mal que hay en el mundo. Hacía tiempo que no existían los Barbazules, Atilas, Barbarrojas, Hitlers ni Stalins.

Después le dije: «Respecto a la "infernalidad" del infierno, es muy sencillo: ponga incertidumbre», y casi pegó un respingo. Le llegué a decir, además, que el peor momento que pasé fue cuando precisamente yo no sabía qué era lo que tenía delante, cuando se presentó ante mí. Le comenté que algo así le había dicho a sus demonios y él me contestó que no les dio tiempo a explicarse, porque los hizo desaparecer de una tremenda descarga de rabia. Me quedé un poco aterrorizado, pero no se lo hice notar y me animé a contestarle en lo que me preguntaba, por lo que empecé por darle ejemplos de situaciones de incertidumbre y ansiedad que sí que harían del infierno un lugar verdaderamente infernal: subir y bajar a la gente del infierno al cielo sin orden ni concierto, establecer «juegos» entre los condenados en lo que se implicaba a terceros —como ocurre en la vida misma en el caso de irresponsables y palurdos teniendo progenie—, establecer concursos para ocupar plazas al cielo u oposiciones para demonio, que por supuesto se revoquen inmediatamente según normativa vigente. Vamos, que la gente se devore ella misma con la incertidumbre, el miedo y la desesperación, como ocurre en el mundo de los vivos.

Con su endemoniada magia, el príncipe de las tinieblas puso en funcionamiento estas ideas y de esta forma no solo consiguió llenar en un abrir y cerrar de ojos sus abrasadoras extensiones de condenados, sino que, como supe después, Dios lo encontró justo y por fin se limpió el cielo de indeseables, lo cual, de alguna manera, debería ser motivo de beatificación como mínimo.

Justo cuando ya me iba a ir, Dios decidió hablar conmigo. En el incandescente techo del infierno se abrió una claridad, sin estrépitos, ni violencia, como si hubiesen borrado una tempestad, tras lo cual se proyectó un plácido y magnificente haz de luz sobre el averno. La voz del Señor se sintió grave y profunda a la vez que tranquilizadora, anunciando su augusta presencia. Lucifer se arrodilló y dijo: «Salve, patrón».Yo le pregunté en un susurro: «Pero ¿no eres la antítesis de él?», y el diablo me dijo: «Pero no dejo de ser un subalterno. Al fin y al cabo, no hago más que de basurero de su creación». Me hizo señas para que me apartase unos metros y le imitase en su humillación ante el Santísimo.

Dios descendió y se presentó allí, como también se lo imagina todo el mundo: de blanco, grande y corpulento, de barbas y cabellos blancos, como el de la capilla Sixtina. Habló unos minutos con Lucifer, sin dejar este de mostrar una actitud sumisa y humilde con el Señor. Acto seguido, Lucifer, que seguía con mi aspecto y reconocía en su expresión la de perrito faldero, me anunció que Dios me hablaría. Con todo el conflicto ideológico que se me estaba creando, yo tenía que escuchar a quien jamás había necesitado. Pero la experiencia me parecía, al menos, interesante. ¡Vaya birria de ateo!

Mientras subíamos al cielo, me explicó lo que había conseguido. Cuando Lucifer le presentó el nuevo decálogo de pecados capitales y mortales que con mis someras indicaciones yo le había propuesto, no tardó ni un microsegundo en aplicarlo, aunque claro, siendo Dios, podía trabajar en escala de nanosegundos, casi parecía alemán.Yo me quedé atónito: «¿Cuándo hizo eso Lucifer?», le pregunté, a lo que él me respondió: «Hombre, Lucifer no es muy listo, pero es eficiente y como muchos de por aquí tiene el don de la multiplicidad». Interesándome por qué debía de ser el diablo algo más tonto, me dijo simplemente que Platón tenía en parte razón, que el hombre con mala intención es intrínsecamente ignorante o tonto, y el pobrecito Lucifer era un cúmulo de eso. Vamos, que si solo te dedicas a ser malo es que eres tonto. Y acabó diciéndome: «Además, a ciertas alturas de caos en todo el planeta Tierra, ser insolidario o indiferente es de estúpidos, como tú bien apuntaste, muchacho».

Con este tema recondujo la conversación muy agradablemente a donde quiso, y así me insinuó para proponerme como nuevo mesías. Pero yo no tenía intención de ser crucificado o inyectado letalmente. Todo al contrario, le pregunté a Dios que si realmente existe, ¿por qué ha dejado a la humanidad ir por este camino? Y que si tiene tanto poder como dice, ¿por qué no aplicaba su famosa misericordia, al menos con todos los inocentes? A Dios le entró una risa incontenible, y estuvo riendo cosa de un minuto ante mi perplejidad. Con la cara roja como un tomate, se levantó, pues se estaba revolcando en el suelo de la risa y me preguntó: «¿Es que el memo de Lucifer no te ha explicado nada?». Yo, cada vez más confuso, le dije que no, y él rio un poco más mientras intentaba recuperar la calma y me decía «perdona, perdona». Y aún sin haberse corregido del todo la hilaridad, me contestó. Primero quiso aclarar que en ningún caso se estaba riendo de la desgracia de los inocentes. Cuando dijo eso, se le quitó la risa enseguida, porque realmente sentía dolor por cada inocente que moría. Pero lo segundo fue demoledor y me dejó aún más alucinado que su risa. Exclamando, me dijo: «¡Pero si no somos más que ideas! Yo no puedo hacer nada en absoluto. Solo soy un concepto que mueve a millones de seres humanos y que precisamente permanezco sostenido por esos millones que piensan en mí, así como toda la dimensión del cielo y la divinidad». Se quedó unos segundos callado para que yo asimilase esa primera información y prosiguió su discurso. Entonces me contó que las ideas comunes permanecen en una dimensión alternativa sostenida por la energía psíquica de la gente que cree en ese algo. Me dijo que no me iba ahora a dar clases de relatividad, cuarta, quinta y demás dimensiones, pero que en ese cruce de dimensiones residían él, las ideas, las utopías, las fantasías, siempre que fuesen suficientemente fuertes para seleccionarse a lo largo de la historia. En cualquier caso, no era coherente con lo que me había pasado, por lo que le pregunté: «¿Y el infierno? ¿Es que no ha sido real lo que me ha sucedido con ellos?». Dios me respondió que incluso en las fantasías más bienintencionadas de los seres humanos hay más mala leche que bondad y se piensa más intensamente en los castigos del infierno o incluso en sus «atractivos» que en los parabienes del cielo, por eso son más potentes y se manifiestan más. Y me dijo algo muy cierto, textualmente os cito: «¿Y qué idea de Dios soy realmente si jamás me han definido con precisión? Soy un compendio de tantas filosofías y éticas diferentes que anhelan lo mismo, que no se han podido poner de acuerdo y mi fuerza queda dispersa. La idea del infierno o del diablo la tiene mucho más clara la gente, por lo que, si alguna vez pasa que se materializa esa idea será por la cantidad de gente que la sostiene pensando en ella tan claramente». Cuando quise saber más, Dios se mostró muy receloso y se remitía a lo que había dicho al principio: «Yo sólo soy una idea». A veces, me decía: «Y bastante difusa, lo acabas de saber». No me aclaró si él era el creador del universo. Me contestó: «¿Y tú qué crees, después de todo lo que te he dicho?». A pesar del acoso al que le sometía, su expresión no cambiaba ni se enfadaba. Al final me dijo que las respuestas ya las tenía yo. Mis ideas permanecían porque como tales no mueren y mucha gente piensa lo mismo que yo, es decir, que son agnósticos o ateos. Si me preguntaba por qué mis ideas estaban en crisis, alguien que pensase como yo me respondería y volvería al redil del agnosticismo. Además es perfectamente lógico. Acto seguido, me dijo: «Martín, creo que debes volver. Tenías razón sobre lo mal que lo han hecho los demonios, tu dimensión es la de los vivos». Me sugirió que durmiese un poco para descansar y, tras un sueño reparador, me desperté en el sofá de mi comedor como si no hubiese pasado nada.

Las revelaciones que me hizo Dios, o más bien la figuración de la idea de Dios, me parecieron clave para el desarrollo de la felicidad del ser humano y la comprensión de nosotros mismos, por lo que pensé que podía aprovechar mi lanzamiento a la fama enfocándolo por esta vertiente. Así lanzaría un mensaje de comprensión y esperanza a la humanidad. Por otra parte, me aseguraba ganarme la vida por mis propios méritos. Solo con unas presentaciones de Lucifer sería más que suficiente. Que yo recordase acordé unas siete apariciones con Satanás. Nada más llegar probé la primera, para comprobar si todo había sido un sueño. Pero nada de eso. Al llamar a este ente con un «yo te invoco» que se me ocurrió, apareció mi «gemelo maligno» que conocí en el infierno, y me dijo simplemente con aire de sorna: «¡Hola, Martín! Deberías tener un poco más de confianza, ya has gastado una ocasión». Yo le rogué que las siguientes las hiciese con una apariencia más demoníaca y me dijo: «¿Así?». Me dio un susto de muerte cuando mutó a su aspecto «de faena», por llamarlo de alguna manera, pero se despidió con cortesía tras decirle que ya le llamaría.

Busqué entre mis amigos a un par que sabía que habían estudiado periodismo y trabajaban en dos televisiones diferentes.

Uno pudo conseguirme una entrevistilla rápida con un popular presentador y director de un *show* de medianoche. El hombre estaba un poco hartito de escuchar iluminados y «carotas», pero como su programa se nutría de eso, de vez en cuando oteaba nuevos frikis para su circo. La segunda ocasión de presentar a Lucifer se gastó con ese señor, y después una tercera en una entrevista con el director de la cadena de televisión y el amigo que «lo había descubierto». Las presentaciones fueron efectivas y se iba a hacer un programa monográfico para mí. Pero había unas exigencias por parte del realizador, el técnico de sonido, el de imagen, la maquilladora, etc., por lo que se le hizo aparecer una cuarta vez a Lucifer para darle una serie de instrucciones. Al acabar, este se dirigió a mí para advertirme que a pesar de que él me debía mucho, que no debía abusar tanto, y menos para estas tonterías que pedían: que el calor no haga fundir el maquillaje a los demás, que la voz no la haga tan atronadora que no se me pueden captar bien los bajos, que aparezca en este tamaño y que no queme el atrezo. Sólo me quedaban tres apariciones, de las cuales dos de ellas recuerda todo el mundo que estaba entonces delante del televisor. Lo que pasa es que no mucha gente se lo acabó creyendo, pese a que había un notario delante. La última vez le tuve que hacer aparecer para salvarme la vida, porque unos sectarios o chalados de algún grupo ultracatólico me querían linchar. Esa última vez me quedé muy sorprendido de lo fiel que era aquel ente y le pregunté si se había dado cuenta de que había hecho algo bueno. Lucifer me contestó que eso de la maldad absoluta y demás rollos es físicamente imposible, y de todas maneras que si tenía que hacerme algo sería en forma de «alma» una vez muerto, y eso si creía, claro está. También me dijo que no había comprado mi alma y que precisamente había hecho mi santa voluntad sin sugerencias de nadie, por lo que no se me podía catalogar de caída en tentación alguna, y se despidió para no volver a verlo nunca más.

Después me pasó lo que a todos los que suben de sopetón, que te caes muy rápido, sobre todo si tu representante (mi «amigo» televisivo) te ha robado, si te has dedicado a dar y ayudar demasiado, y si no has mirado tu contabilidad. Mi aparición en la televisión perdió audiencia y al final lo perdí todo, porque confié en un mundo que ya estaba podrido. De nuevo volví a perder por el mismo motivo que me arruiné con mi antigua empresa.

No sé si la gente sabe que estuve haciendo de vagabundo con algún dinerillo que aún me quedaba y pasando de vez en cuando por la casa de algún familiar, haciendo algún trabajo y paseándome por los parques públicos. Si supiese la gente cómo sobrevive otra tanta gente entre tanta basura y con tan poco. Esta vez mi desgracia es algo mayor que la que os relaté al principio; sin embargo, era un poco más feliz porque, si creía suficiente, cosa que yo no había hecho nunca, podría volver a encontrarme con Dios y poder retomar las charlas que tuvimos. Al menos era un tipo amable y para pasar toda la eternidad no estaba mal. Vamos, que creería porque no tendría otra cosa mejor que hacer para enfrentarme a mi soledad, como muchos supongo.

No sé cuál será mi final, ni cómo, y es que, además, ahora mismo ni cochinas ganas tengo de fijarme en eso. Pero supongo que lo más seguro es que sea trágico. Sí, seguro. En todo caso, en este día que acabo este pequeño relato camino para empezar una vuelta al mundo e intentar diseminar mi experiencia y estoy seguro de que si no me mata la nieve de alguna montaña, lo hará una banda de salteadores de caminos o alguna mina escondida de algún arrozal. Sí, tan lejos pienso llegar, y si pretendo ir tan lejos, casi que por el hecho de pretenderlo me saldrá mal y ya se encargará la muerte de fastidiármelo. Total, para la pensión que iba a cobrar, más valía morirse bien y pronto. ¡Qué diablos! Hasta con un cariz de héroe. Prefería morir con dignidad que vivir pendiente de un cochino dinero. Adiós, e iros todos a la mierda.

3. El beneficio de la duda

Otra mañana más Alfredo Rupérez se despertaba mucho después del aviso de su despertador, totalmente sumergido en una resaca debida al insomnio. Tras una serie de movimientos lentos y agarrotados por hormigueos y dolores, pudo llegar al lavabo donde se refrescó la cara con agua y pensó para sí: «Una noche más así y me vuelvo loco». No era una resaca de fiesta ni tenía ninguna enfermedad, simplemente los gamberros del barrio se habían propuesto no dejarle dormir y le habían agotado durante gran parte de la noche entre intercambio de gritos, nervios, llamadas a la policía y realizar ejercicios para volver a recuperar el sueño. «Menos mal que es fiesta», llegó a balbucear. Pero eso importaba poco. Los jaleos, los insultos, las noches de botellón y fumadero de porros incontrolado no conocían horario laboral.

Ya no sabía qué hacer. El recurso policial era lo peor: la patrulla siempre pasaba cuando todo estaba en silencio, y en el caso de que los cogieran siquiera esnifando una raya de coca, nunca llegaría a nada más que a ser denunciados por falta. Había recogido firmas de todo el vecindario, había hablado con un regidor del Ayuntamiento y no se sabe cuántas cosas más. Todo se quedó en papel mojado. Y por culpa de llegar a denunciar a uno de esos chulillos de barrio por injurias y amenazas, ahora vivía hostigado por toda la banda que arropaba a aquel «individuo de costumbres deleznables». Así es como les llamaba Alfredo, con palabras asquerosamente comedidas, porque él se consideraba un miembro de la sociedad con todas las letras, incapaz de insultar y con una fuerte convicción en que las leyes debían funcionar y representar el ideal de justicia. Así es como debería ser y así es como, de hecho, todos nosotros esperaríamos que fuese. No obstante, la inmensa mayoría ya sabemos que Alfredo es un pobre desgraciado. O un gilipollas, como más vulgarmente se llama a este tipo de ilusos idealistas. Nadie le seguía, ni era popular ni nadie le ayudaba. Para recoger las firmas de sus vecinos, sudó tinta y cuando le pasaba algo, nadie veía nada. Pero no se atrevería jamás a responder con violencia. Innumerables veces había escuchado la noticia del «honrado vecino» al límite de su paciencia que mataba al «perturbador». Él no podría aceptar ese panorama ni por asomo.

Muchas veces reflexionaba sobre sus agresores. ¿Por qué hacían lo que hacían? ¿Eran un ejemplo del hombre futuro? Entonces se daba cuenta de que esta gente es interesante para la sociedad actual. Son consumistas y caprichosos, adecuado para el mercado capitalista; son manipulables, estupendo para los políticos, y suelen ser insolidarios y «trepas», magnífico para el empresario que no se ha de enfrentar a un movimiento obrero organizado. Según su conclusión, se encontraba ante el siguiente eslabón en la evolución del *Homo sapiens* al seleccionarse positivamente por la propia sociedad.

Antes de cierto umbral de insomnio las cosas pueden relativizarse y hacerlas soportables. Pero más allá, uno vive en una historia ajena, como en una película de la que se es espectador en primera persona. Entonces se ve posible lo que desea el subconsciente: aniquilar los problemas de un plumazo como si uno fuera un dios. Ese estado en el que vivía Alfredo le impedía pensar con claridad y solo se le presentaban ante sí sus alucinaciones de justiciero de la calle. Por todo este embrollo, su vida se hundía: su trabajo de administrativo renqueaba, su aspecto y mal humor acabaron con una relación incipiente y casi había olvidado a su familia, después de amargas discusiones sobre su problema. Durante ese proceso, la eliminación violenta había pasado de ser un rumor en su conciencia a una voz y voto en su juicio. Alfredo había decidido no dar su brazo a torcer y no concebía el hecho de gastarse el dinero en un vidrio doble adicional, porque a unos energúmenos no les entrase en la cabeza unas mínimas normas de convivencia. Él tenía razón y en el punto en el que se encontraba ya no miraría los medios para que prevaleciese esa razón.

Entonces, volvió a cuestionarse otro tema. ¿Debería dar una paliza aleccionadora a alguno de ellos? Algo con alta probabilidad de fracaso. ¿Debería tirarles algún artilugio inflamable o explosivo? Y si es así, ¿desde dónde? Al fin y al cabo, la policía podría investigarle si hubiese pistas como trayectorias de lanzamiento o componentes utilizados, etc.

—¡Dios mío, qué estoy llegando a pensar!

Pensó que ya debería precisar atención psiquiátrica, pero su grado de paranoia ya era importante. Pensaba que jamás debería ir a un médico a explicarle todo esto, ni a un amigo, ni a nadie. Se veía tan capaz de hacerlo, que contárselo incluso a su perro podría constituir un error delator y pista para la policía. Solo faltaría eso, ser pescado por la poli como un vulgar rufián. Al fin y al cabo, él lo hacía por la defensa de su modo de vida. Tras varios días de reflexión eligió una de las opciones que ya tenía en mente: contratación de profesional al efecto. Obviamente le podría salir más barato instalar un doble vidrio en sus ventanas e intentar hacer las paces con las pandillas. Pero para la primera de esas gestiones estaría cediendo ante esos vándalos, y la segunda representaría exponerse a una paliza de muerte por parte de esas pandillas, esa era su convicción. No había remedio y debía hacerse justicia. Y tal y como lo tenía planeado sería limpio y finalmente justo para todos. Empezó entonces una sórdida y patética búsqueda de un profesional de la muerte, para lo cual frecuentaría los garitos de legalidad dudosa, prostíbulos y calles donde se distribuía droga. Cada paso era una peligrosa aventura. En una de esas noches tuvo la mala suerte de llamar a un camello-yonqui que iba «colocado», Y este le contestó:

—¿Qué, «tron»? ¿Quieres una dosis? —le preguntó el individuo, tambaleándose.

—No, tío. Necesito que alguien me haga un trabajo —le dijo cuando ya estaba delante.

—¿Un trabajo? Para trabajillos vete al local de allí y que te la pelen —dijo señalando un prostíbulo que había detrás de ellos—. Cago en la puta, mira que está mal la gente —acabó diciendo, dando la espalda a Alfredo.

Alfredo lo siguió y le tocó un poco para reclamar una respuesta útil; sin embargo, el individuo se volvió con sobresalto:

—Pero ¿tú que quieres, colega? ¿Qué, me quieres «rayar», hijo de puta? —Y alzando la voz, dirigió la mirada por encima del desafortunado Alfredo—. ¡Charly, ven, que este tío me quiere currar!

De repente, apareció un hombretón mulato de prominente musculatura marcada en su fina camiseta, que empezó empujándole con violencia y después a propinarle duros puñetazos en todas partes. Más o menos la paliza a la que se hubiese arriesgado por intentar parlamentar con la banda de energúmenos que no le dejaban vivir. Entre sacudida y sacudida, Alfredo llegó a expresar sus intenciones:

—¡Que no quería hacerle daño! ¡Solo quería hacerle una pregunta! ¡Por favor, basta ya!

—Ya ha recibido bastante. Este tío mierdas no vale ni pa que lo mates —aseguró el camello antes de irse. Y el tal Charly acabó. A pesar de eso, Alfredo seguía consciente y empeñado en su cometido:

—Perdona, tío. ¿Te lo puedo preguntar a ti?

El hombre se encendió y le preguntó:

—¿A ti qué te pasa? ¿Quieres morir o qué?

—¡No! Sólo busco alguien que liquide a alguien —respondió Alfredo.

Charly vio una oportunidad de negocio rápido, no sin antes hacerse el duro un poco más:

—¿Tú qué te has creído? Eso no se le pide al primero que pasa, y menos a Paco, que está con la metadona, desgraciado. Miró a derecha e izquierda, y añadió con tono más suave:— Si quieres ver a un profesional, págame ahora mismo trescientos euros, y luego ya veremos.

Alfredo le pagó tras visitar un cajero. Después, lo único que hizo fue llevarle a un *night club*, donde Charly señaló a tres tipos que había en la barra. A continuación, le indicó que les dijera que iba de su parte. Cuando contactó con el primero, casi le dan otra paliza en cuanto mencionó el nombre de Charly; el segundo no aceptaba encargos de un don nadie, pero el último le dio la oportunidad de comentarle, que es lo que proponía. Aquel hombre delgado, de ojos azules y aspecto nórdico le escuchó con un aire entre divertido y condescendiente. Cuando acabó su proposición, el hombre le contestó:

—¿Por qué debería hacer este encargo? Además, no pretendas que liquide a unas mierdecilllas de chavales. Tú lo podrías arreglar con unos cachetes. Y, por otra parte, ¿cómo sé que no eres un policía que se quiere infiltrar?

—No soy policía, sabes de sobra que no lo soy. Respecto al trabajo, no te pido que mates a uno de esos emporrados, sino al camello que les pasa la droga. Es que ese tío, es su figura de referencia —respondió Alfredo con resolución, tras reunir algo de calma y valor. El hombre se rio de la ingenuidad y sinceridad de Alfredo, y le respondió:

—¿Quieres que me meta contra los que me conocen? Porque si no te has dado cuenta, en este mundillo todos saben quién es quién.

—Puedes hacerlo, podrías incluso cargarte toda una organización de barrio. Estoy seguro. De entrada tienes el factor sorpresa y contarías con alguien «limpio», es decir, conmigo, además de mi casa y mi coartada. —Todo esto se lo había inventado Alfredo en ese mismo instante y le pareció una buena idea para atraerlo a su terreno.

—Para el carro, para. Sí que es verdad que podría cargarme a quien quiera, sin sospechas, aunque sean de «mi mundo». Pero me ha de interesar realmente —concluyó el supuesto profesional.

—¿Seis mil euros? —cortó Alfredo en seco a su interlocutor con esta proposición.

—Mal negociador, deberías haberme dejado a mí hacer la oferta. A lo mejor iba a la baja. ¿Qué te parece si ahora te digo que no hago algo así por menos de quince mil?

—En ese caso, debería darte el doble, porque necesito que «borres» a otra persona. —Entonces sacó una foto y se la enseñó al sicario. El personaje no le sonaba de nada.

—¿De dónde diablos sacas tu tanto dinero, figura? —le preguntó el asesino en broma.

Alfredo hizo como si no lo hubiese oído; de todas maneras, ya le había contratado. Insistió en que el asesino le diese su nombre, a lo que le contestó:

—¿Has visto *Reservoir Dogs?* —El atemorizado Alfredo asintió con la cabeza—. Pues me conocerás como el Señor Azul. —Y se marchó rápidamente sin despedirse.

Alfredo se recompuso un poco de la paliza en el lavabo del local y pidió algo en la barra para reanimarse. Cuando se disponía a salir, se volvió a encontrar con Charly, que le exigía un segundo pago. Parecía que la cosa iba a ir mal otra vez. Pero, de repente, algo o alguien golpeó por detrás en la cabeza de Charly, con tal fuerza que rebotó con una pared y se desplomó todo él, sangrando por la sien. Detrás apareció el tal Señor Azul, que le dijo a Alfredo:

—Pues es verdad, el factor sorpresa funciona.

Acto seguido, le ordenó susurrando que huyera y que no volviera jamás por allí. El asesino profesional simplemente había defendido su negocio. Al día siguiente en el diario local aparecía la noticia del asesinato del portero de un local de alterne.

Pasaron un par de semanas y se sucedieron una serie de llamadas entre el contratado y el contratante para convenir detalles del trabajo, además de la transferencia de una paga y señal de unos simbólicos dos mil euros. La noche en la que se iba a realizar «el servicio» Alfredo iba a ser espectador a través de las rendijas de la persiana de su habitación, ya que desde allí se veía bien la placita donde se solía reunir la pandilla. Cuando todos estaban alrededor del camello, que iba a ser la víctima, apareció el asesino por detrás de ellos, vestido de oscuro y con la cara cubierta. No lo vieron llegar. Este empezó abriéndose paso, abatiendo a uno con un golpe de culata de su pistola. Llegó hasta su víctima, que estaba además algo colocado, lo apartó de una patada e inmediatamente se oyó un silbido del disparo silenciado. Ya no se podía ver más desde la ventana, pero se pudieron oír golpes, chasquidos y gemidos, probablemente hizo una trayectoria a través del grupo noqueando al que se le ponía por delante. El profesional entró en su casa por las puertas expresamente abiertas, tal y como habían acordado. No intercambiaron palabra alguna y no hicieron ni un solo ruido. Nadie debía saber que había un extraño allí aquella noche.

Al día siguiente, el Señor Azul saldría muy temprano sin que nadie le viese. Iba a liquidar al individuo del siguiente encargo. Un hombre sin relación aparente con los anteriores, pero que sí era petición del cliente, no debía saber más motivos. Debía darse prisa, porque, según dijo Alfredo, iba a tomar un tren. El trabajo fue fácil, ya que pudo seguirlo hasta los lavabos de la estación, que a esas horas estaban desiertos, y allí le puso fin a su vida. El siguiente y último paso consistía en recoger unas instrucciones, guardadas en la recepción de un hotel, para recoger la parte grande del pago (24.000 euros), aparte de la dolorosa paga y señal de 6000 euros ya satisfecha. Un refinamiento de seguridad que se había inventado Alfredo y que al Señor Azul no le importaba seguir.

Antes de llegar a ese hotel, el Señor Azul debía aparecer irreconocible, por lo que pasó por el lavabo de otra estación para ponerse unas lentillas de color, vestirse con un traje caro y peinarse con gomina. Se presentó con un nombre ficticio para recoger un sobre de parte de Alfredo Rupérez. Con alivio pudo comprobar que todo marchaba bien y se lo entregaron. Abrió el sobre donde encontró las instrucciones:

«Descampado detrás de la fábrica abandonada en la calle 4 A, en coche abandonado matrícula CS-4825-AB, suelo de los asientos traseros, la bolsa con el dinero».

Cogió un taxi para llegar lo antes posible, pero pidiendo al taxista que le dejase unas cuantas calles antes del lugar, para eliminar de nuevo cualquier tipo de sospecha. Pero por alguna razón empezó a sospechar también de manera paranoica: «Alejarme del resto de la gente... ¡Qué extraño!». Entonces se le ocurrió una jugada inesperada y ruin. Pasaba por allí un chaval de cabellera larga y aspecto gamberro y decidió llamarle:

—¡Eh, tú! ¿Puedes venir un momento? Necesito que me hagas un encargo, pago bien.

Entre utilizar un lenguaje cercano, garantizarle que no era cuestión de ofrecerse sexualmente y enseñarle un billete de cien euros, ya lo tenía en el bote. Y le mandó a buscar la bolsa. Le había explicado que no podía acercarse a aquel barrio porque «se la tenían jurada»; sin embargo, al chaval no le hicieron falta más argumentos y aceptó el primer billete. Mientras se dirigía hacia el descampado, el Señor Azul lo iba vigilando desde el principio de la avenida que estaba en la parte alta de una colina; de este modo, también podía ver el coche.

Vio como el chico se volvió para ver si le vigilaba, y él le saludó. Vio como se aproximó al coche, abrió la puerta, introdujo medio cuerpo y, de súbito, un estallido seco y violento levantó polvo y llamaradas cubriendo todo el coche. La onda expansiva llegó al sicario como una brisa rápida, acompañando el estruendo. Se quedó atónito. Él había sospechado algo, pero no podía imaginar eso. Pensaba que la policía le estaría esperando o algo así.

Tras el primer desconcierto, lo que hizo fue emprender la huida y empezar a atar cabos: «Esto, sin duda, habrá sido obra de Alfredo, pero no directamente. A buen seguro, alguien le habrá ayudado… ¿No será aquel hombre?». Encontró una boca de metro y se metió en ella.

Alfredo Rupérez volvía a casa después del trabajo, mientras oía las noticias por los auriculares de su radio. Se hablaba de una explosión en un polígono industrial y de una víctima mortal. Alfredo, diferente de otros días, entraba con alivio y descanso mientras iba canturreando. Pero al cerrar la puerta, alguien le dio un golpe que lo dejó inconsciente. Cuando se despertó al cabo de unos minutos, se encontraba atado a una silla y delante de él estaba el Señor Azul:

—¡Tú! —exclamó alucinado.

—Sí, yo. Y mi nombre es Gonzalo Torres. ¿Sabes qué significa que te lo haya dicho? —le respondió con desparpajo el asesino.

—Supongo que me quieres matar —dijo Alfredo, a lo que el recién conocido Gonzalo añadió:

—En efecto. Pero antes y en unos minutos te voy a explicar en qué te has equivocado conmigo. Primero de todo, yo no he sido un hampón toda mi vida, ni mucho menos. Yo era un individuo normal con familia. Era técnico electrónico y con aspiraciones, deseos, amor y deseaba lo mismo que tú, que se respetase al individuo y que las leyes sirvieran para eso. Por eso, acepté tu trabajo, porque querías eliminar una lacra. Pero veo que tú eres aún peor —disertó en esos términos el profesional.

—¿Qué pasó contigo entonces? —terció intrigado Alfredo. Y prosiguió con su historia:

—Un conductor borracho chocó con nuestro coche. Murieron mi mujer y mi hijito de seis meses. —No podía evitar decir eso sin que sus ojos se humedecieran y una mueca de dolor le desfigurara—. Al cabo de un par de días ese conductor estaba en la calle. Yo lo maté cuando lo encontré en un bar riéndose de lo que había pasado. Me vi envuelto en una espiral de violencia en la que me tuve que enfrentar con los hijos de ese desgraciado, y también los maté. Así me convertí en prófugo de la ley. Y sí, me ayudó ser cinturón negro de karate. Y sí, me ayudaron las putas de carretera y después sus chulos me forzaron a meterme en este mundo para refugiarme. Y sí, he matado a gente que no conocía. Pero ahora explicaré lo que te concierne: entre tú y yo nos hemos cargado a un chico que no tenía nada que ver. Le mandé a por la bolsa cuando me entraron sospechas.

Alfredo se quedó blanco y sin palabras. Hubo unos segundos de silencio en los que el asesino le permitió asimilar todos sus errores, pero continuó con su monólogo, con el que tenía toda la intención de mortificarlo:

—Por cierto, aquel otro que me cargué… ¿fue el que puso la bomba? —Alfredo asintió con la cabeza, totalmente consternado—. Querías dejarlo todo limpio sin ensuciarte las manos. ¡Claro, tu ideal de justicia! Además de eliminar los problemas con esos «macarrillas», liquidas dos asesinos a sueldo que son lo peor de lo peor. ¡Genial! Así claro que me puedes ofrecer treinta mil euros. ¡Y hasta trescientos mil!

Se tomó otro momento sin decir nada, mirándolo a los ojos severamente. Luego sacó su pistola y le enroscó el silenciador, mientras seguía hablando con calma:

—Pero ahora soy yo quien va a determinar que se debe hacer justicia.

—Por favor, dame una oportunidad. No diré nada. Fíjate, que no grito —contestó Alfredo en el mismo tono de voz que Gonzalo.

En esos momentos Alfredo lloriqueaba ante Gonzalo, implorante pero inmóvil. Sin embargo, este se le acercaba mientras le indicaba plácidamente con el dedo que se callase. Parecía que con ello fuese a consolarle de su absurda e insignificante vida, con una muerte acogedora. Todo acabó sin ruido.

Cuando se marchó de la casa, pensó: «Un reguero de muertos detrás de mí, este ha sido mi peor trabajo. Así la policía me va a coger enseguida. Pero ¿qué más me da? Hace tiempo que no tendría ni que estar en este mundo. Supongo que Dios me sigue dando una oportunidad. Pero ¿qué estoy diciendo? Si soy ateo… ¿Y el chaval? Pobre chico, era un perdido, una verdadera carne de cañón que no tendría mejor final en su vida. De todas maneras, ni a Alfredo, ni a ese chico cuando lo juzgué como bueno para que cayese por mi en una trampa, a ninguno de los dos, les di el beneficio de la duda. Pero ¡qué ironía! ¡Qué estupidez! El propio Alfredo no me lo dio a mí. Se imaginó que era un puto sicario sin ética, ni… Bueno, estoy hablando demasiado, y encima solo. En fin, para acabar en el manicomio. ¡Ah, mira, el metro! Me voy para casa y, de paso, a beber. Lo necesito».

4. Utilización del amor

¿Debía o no debía utilizar todos los medios para procurarme mi medio de vida y mi felicidad? Ambas cosas al mismo tiempo, por supuesto, y con el mínimo esfuerzo por descontado. Desde temprana edad, observando cómo llegaba mi padre del trabajo, irritable, amargado, frustrado, «venado» como él decía, me di cuenta de que trabajando, como comúnmente trabaja todo el mundo, no iba a conseguir ese fin. Mi padre era tornero y trabajaba en una empresa, en la cual abusaban a espuertas tanto de su bondad como de su compromiso con un trabajo que de joven incluso le había agradado. Es posible que al ser un simple obrero, como cualquiera de esta clase de trabajadores, estuviera siempre sujeto a los vaivenes del mundo empresarial en lo que respecta al destino de la empresa: cierres, reconversiones, ERE, compra por una multinacional, etc. Cosas sobre las que no tenía poder de decisión alguna, más que el de hacer huelga para oponerse, pero finalmente dependiendo de las decisiones de los sindicatos y siempre con un destino supeditado a decisiones de otros y al capricho de cuestiones macroeconómicas, muy interesantes para el que las estudia y les saca provecho, pero una pesadilla ominosa para el que se convierte en una víctima-número en esa especie de casa de apuestas con la vida de los demás como fichas. Así fue la vida de mi padre, y no profundizo más, no sea que alguien me llame rojo o comunista, cosa que básicamente me es ajena y hasta me trae sin cuidado. Luego, tenía en el otro extremo el ejemplo de varios primos míos que, por el contrario, habían medrado. Eran la típica gente «lista» que se habían labrado una carrera para ejecutar lo que precisamente le hacían a mi padre: vender y comprar empresas, apostar en los mercados de valores y exprimir el valor especulativo de las cosas para hacerse todo lo ricos que les permitiese esa actividad. Pero esa actividad los desposeía de tesoros inapreciables que les vaciaba la existencia: la proximidad de la familia, el tiempo libre, la sencillez de las cosas, el sosiego. Cosas que eran reemplazadas por aficiones obsesivas y malsanas que les llevaba a vivir más lejos de sí mismos. No me interesaba ese tipo de vida. No me interesaba invertir un alto número de horas, perdidas a la postre, para luego llenarlas de actividades estereotipadas, vacías y que no compensaban ni de lejos lo que se había perdido, y eso en el mejor de los casos, pues ya sabía sobradamente cuánto cocainómano hay en ese mundo, por no hablar de otras perversiones. Otros ejemplos me llevaban a finales parecidos como los de amigos míos médicos que estaban saturados de responsabilidad y un trabajo de dimensiones titánicas que los engrandecía, sí, pero que ya los hacía desaparecer como lo que habían sido bajo la figura del gran profesional. No eran ellos mismos, lo sabían, y a menudo no sabían ni cómo manejar esa sensación de vacío.

¿Qué me quedaba? ¿Qué podía escoger para ser feliz, realmente feliz, sin tener que sacrificar nada a cambio? ¿Acabar como todos ellos, descontentos siempre por alguna u otra cosa? ¿Aceptar que se ha tenido que sacrificar algo? No me gustaba para nada esa perspectiva para mi vida, y dado que a todos a quienes he conocido, lo que han hecho es procurar por sí mismos, ¿por qué debía hacer yo algo diferente? Por lo tanto, yo iba a procurar por mí, y si podía, sin tener que sacrificar nada a cambio. ¿Qué sentido tenía aprender, llenarse de felicidad y candidez en la infancia para destruirlo sin piedad porque había que sacrificarlo siempre? Entonces, con todas estas premisas y esas negativas a otras ciertas cosas para mi futuro, iba a llevar a cabo dos grandes objetivos: crecer intelectual y personalmente como yo quería, como a mí me apeteciese, eso me daría una de las grandes felicidades de la vida, y la otra para que se cumpliese la primera: que los demás me mantuviesen. De pequeño encontré el filón para eso, pues siempre he resultado encantador a las mujeres: abuelas, madres, tías, sobrinas, primas, amigas. Me dejaba querer, obtenían de mí esa sonrisa y esa mirada que querían, ese agradecimiento que les hacía sentir mejor y yo, a cambio, todo lo que quería. Pero no podía ser solo eso lo que me diese el poder necesario. ¿Qué carrera, qué profesión, qué conocimiento me daría el refinamiento para conseguir vivir de ellas, como malamente podría decirse? Porque yo, en realidad, siempre di y daré algo a cambio. En definitiva, ¿qué conocimiento me ayudaría a refinar ese control sobre ellas? En otras épocas me hubiese bastado con ser cura y, por qué no, convertirme en una especie de Fermín de Pas, pero en mi caso capaz de rematar la faena. Seguro que hubiesen acabado todos más felices en dicha historia. Sin embargo, ahora que estamos en el siglo XXI y me interesaba abarcar más y, de paso, no someterme a ninguna disciplina como hubiese sido el tributo a establecerme en lo eclesiástico, escogí una carrera con la que prácticamente se está controlando a todo el mundo: Psicología. Su estudio me fue ameno, provechoso y enriquecedor, y mientras tanto, me seguía dejando querer, seguía explotando mi encanto natural pero callándome esa virtud, por supuesto, porque luego está esa moral de lo correcto y lo incorrecto que me censuraría hasta obtener el rechazo y la repugnancia de todos. Con eso habría de bregar y sería uno de los pocos sacrificios que sí debería hacer: dejar de ser sincero. Bueno, en realidad es ese un sacrificio que se suele hacer a menudo, porque ¿a quién le gusta la verdad? Más aún, juzgada por una moral que sigue siendo judeo-cristiana en su núcleo.

Así, con esta filosofía y esa voluntad, empecé por mis novias, las que fui teniendo y que, dado el carácter saltatorio y caprichoso de las relaciones amorosas de finales del siglo XX, era completamente normal y hasta sano ir teniendo una detrás de otra. Era mi gran entrenamiento y seguramente el de ellas desde su punto de vista, porque luego algunas se casarían con el adecuado. Pero, al contrario de lo que se pueda pensar, fui fiel a mí mismo. No dejé de amar sinceramente a ninguna de ellas, solo que ellas no parecían soportar tampoco ningún tipo de compromiso duradero. Eso lo sabía yo de antemano y lo aprovechaba. Luego fui a por mi objetivo real: mujeres con patrimonio, solas, fracasadas, amargadas y, por ende, al acercarme a ellas, agradecidas. Empecé por conocer a las madres de algunos de mis compañeros de carrera, apuntando a aquellos que tuvieran padres divorciados y fuesen unos pijos de atar. Vamos, que les sobrase el dinero. A mí, por mis buenos resultados académicos se me apreciaba y eso me ayudó a aproximarme a ellos, obviando que fuese el hijo de un tornero y de una modesta ama de casa. Me había formado como un *gentleman* gandul, ecléctico e intelectual. Era como ellos, el camuflaje era perfecto.

Así, mi primer amor maduro fue Rosalía, la madre de Andrés Benítez, mi compañero de cuarto año. Lo ideal de esa relación era que ambos éramos muy escrupulosos en nuestro secreto, en cómo ocultamos nuestros momentos, puesto que yo sospechaba que la ira de un hijo sobre una relación con un compañero y su madre podría ser mayor y más exaltada al relacionarse con algo parecido al incesto. Por otra parte, en aquel entonces me especialicé en el último año de carrera en psicoanálisis, y complementando mi bagaje con algunas terapias orientales, encontré la excusa perfecta para atenderlas, pues ellas notaban la mejoría con ese enfoque. Así me acerqué al máximo a Rosalía y acerté en mi intuición: ella se encontraba aburrida, insatisfecha y desatendida. Mi relación con ella fue larga, estable y sí, he de decirlo, provechosa, aunque jamás me planteé ni hacerle el más mínimo maltrato y siempre dejarla con un lleno tanto sexual como anímico. Ella se conservaba muy bien y creo que el tren de actividad sexual que nos procuramos la ayudó a mantenerse a lo largo de todos esos años. Me sentía satisfecho, amado, feliz y compensado. A Rosalía, mi querida Rosalía, aunque no la privaba de que buenamente me ayudara, tampoco podía expoliarla y, aparte de que el plan contemplaba expandirme, debía hacerlo para no ser una enorme carga para ella. Nos quisimos tanto, que creo que si le hubiese pedido sostenerme económicamente más allá de lo que lo hacía, lo hubiese hecho, pero la hubiese perjudicado y esa no era mi forma de proceder. Tuve que estar menos con ella, para poder llegar a otras, y lo notó. Uno de esos días en los que le impartía sesión doble, de psicoanálisis y de cama, acabamos un poco más rápido y ella percibió un cambio, haciéndomelo notar:

—Te vas antes que de costumbre y ya es el segundo día consecutivo que lo haces.

—¿Sí? No me había dado cuenta —contesté, restándole importancia, pero sospechando a dónde quería llegar.

—¿Y no te importa?

—Rosalía, cariño, tengo otros deberes y cosas que hacer. No sé si me atendiste la última vez, pero precisamente te comenté que me han salido unas clases particulares. He de procurarme mi medio de vida.

—Sí, claro, aunque…

—Dime.

—Si estuvieses a mi lado, podríamos vivir juntos. No tendrías que preocuparte por eso —concluyó Rosalía en un tono entre deseoso y melancólico.

—Rosalía, ¿cómo crees que reaccionaría Andrés? Ya sé que es feo esconderse, pero más feo sería dejarte o que Andrés reaccionase mal y… lo perdieses.

—Ya, claro.

—Además de que me partiría la cara. ¿Querrías eso?

—No, no, vida mía.

Con ese miedo, real y recordado, sellé la posibilidad de más discusiones, pero sobre todo la dejé satisfecha y sin dudas al despedirme con un largo, tierno y húmedo beso. Intentaba besarla como nadie la había besado, siguiendo sus propias instrucciones para agradarla más y más. Eso me ayudó a irme con su confianza intacta. Lo cierto es que empezaba unas sesiones con María Luisa, una prima segunda de mi madre a la que reencontré en una ocasión luctuosa por la desaparición de un tío. María Luisa era ideal. Al ser familiar lejana, la excusa del favor era más comprensible e incluso podría hasta llegar a hablar de ella a Rosalía y precisamente la lejanía familiar nos hacía vernos aún como dos seres más extraños. Eso le daba rienda suelta y esta mujer no era la sensible y tranquila Rosalía, era una pantera. Poco después se sumó Virtudes, a quien conocí en una fiesta que los padres de un amigo daban por su aniversario de boda. Me consideraban amigo de la familia; de hecho, tenía motivos para serlo, pues recogí a su hijo Borja, mi compañero, tirado en la calzada con un coma etílico en una de esas noches desenfrenadas en los apartamentos de estudiantes del campus. Esa era otra de las vías de encontrar agradecimiento y, por lo tanto, recompensa: ser samaritano y buen chico. Así pues, a Virtudes la tenía en esa fiesta un poco apartada y bebiendo más de la cuenta. Me la presentaron y ya estaba algo piripi, pero yo, lejos de hacerle ascos, me acerqué con simpatía y le ofrecí mis servicios. Era más vieja que las anteriores y en plena acción yo debía rozar una piel reseca y flácida, pero también debía darle amor superando cierta aversión. Esta resultó ser la más agradecida y me tomó por un simple *gigolo*. Me pagó sobradamente como tal y, lejos de sentirme mal, me hice hasta más simpático:

—Virtudes, no lo he hecho por dinero. Lo sabes…

—No seas cínico, por favor, considérate compensado. Sé que no me muevo como una jovencita y mis carnes no están igual que esas pimpollos que van siempre al gimnasio. Si a su edad hubiese ido más al gimnasio… Pero ya ves.

—No te trates tan mal, yo no lo hago.

—¡Qué divertido eres! Mira, no me importa compensarte, porque quiero que vuelvas. Me faltaba alguien así. Nadie se me acercaba por ser una jodida borracha y vas y apareces tú, que tienes estos gustos tan raros.

—¡Virtudes!

—¿Qué? Me vas a gastar el nombre. No me seas tan cumplido y vuelve, ¡eso sí!, ¿vale?

Con esa vida cada vez más atareada, Rosalía empezaba a escamarse y en sus encuentros aludía a sus temores:

—¿Por qué apareces menos veces? ¿Es que hay alguien más?

—Rosalía, vida, ya te comenté que me salen clases, que tengo también otras cosas en mi vida. He de desarrollar mi carrera, y… —Ella me interrumpió:

—Te estoy aprisionando y, en fin, he de darme cuenta de que la diferencia de edad pesa. Tú te irás algún día con alguien de tu edad.

Recuerdo ese momento, porque lo pasé realmente mal. De los pocos momentos en mi vida que lo he pasado mal, porque durante toda mi existencia había procurado que todo me fuese bien, que la vida entera fuera una caricia y un deseo cumplido. Empezaba a sospechar que hiciese lo que hiciese los sacrificios iban a aparecer. Como no quería sufrir más ni hacerla sufrir, le expliqué la verdad, la verdad de lo que quería hacer y de cómo quería que fuesen las cosas:

—Rosalía, pase lo que pase, aunque esté con otras personas, si acaso estuviese algo más comprometido, a ti no te abandonaré, jamás.

Creo que a ella le fue suficiente y me besó enternecida, realmente. ¿Qué más podría pedirle esa mujer madura a un chico al que le sacaba algo más de treinta años? Por otra parte, durante los años venideros cumplí con mi palabra y ella siempre se sintió satisfecha a ese respecto.

Así, tal como he dicho, precisamente los años pasaban tanto como para acumular un buen número de amigas de este tipo. Alguien las llamaría clientes, porque me pagaban. La manera en que se quisieran llamar me era completamente indiferente, así como que pensasen mal de mí, si es que alguna vez llegara a saberse todo lo que llevaba. Para mí lo que me daban eran sus ayudas y la semántica de eso me traía sin cuidado. Gracias a todo lo que me daban me podía permitir una cultura exquisita, mayor formación (iniciaba una nueva carrera, Historia del Arte) y una vida cómoda y despreocupada. Ellas se sentían satisfechas de que cada vez fuera un mejor muchacho y ese crecimiento contribuía a ello. Pero tras seis años de esa vida, iba notando cada vez mayor con desagrado que ellas acumulaban flacidez, malos olores, grasa, enfermedades y otras representaciones ineludibles y perturbadoras de la vejez. Sus pieles resecas ya empezaban a resultarme agotadoras. Echaba de menos la frescura de las chicas jóvenes, tanto física como mental. Además, empezaba a sentir la necesidad de un proyecto, como indefinido en mi mentalidad. ¿Hijos, familia? No estaba seguro del todo, pero tenía, debía, quería, volver a salir con una mujer con menos de treinta y cinco años. ¿Cómo volver a eso? Muy sencillo, desplegué de nuevo mi encanto en los panoramas donde las encontraría; sin embargo, algo curioso sucedió: no me comía un rosco, hablando en plata. No sé qué rábanos podía estar ocurriendo. Ni mi forma había decaído, ni mis modales empeorado, ni mi cabellera esclarecido lo más mínimo. Tras cierto tiempo y empeño, conseguí salir con una chica, hay que decirlo, no demasiado agraciada pero tierna y bondadosa. Yo mismo me planteaba si eso podría durar mucho, pues sospechaba que era de las que aún hoy en día buscaba casarse, y debería aclararle que ese no era mi fin. Pero no hubo ese problema. Cuando pretendimos consumar el acto sexual, ella percibió algo en mí que le repelía:

—Hueles extraño. Perdona, pero es… es como si… estuviese con un viejo.

—Aún no he cumplido los treinta años, te lo puedo asegurar, y este cabello negro no es tintado.

—Todo lo que tú quieras, pero no puedo. Me da como algo de náuseas. Dejémoslo.

Obviamente, no iba a forzarla ni a ponerme pesado, solo faltaría eso. Además, tras una serie de argumentos, más o menos maniáticos, y su empeño en que «si no se funciona en la cama, esto no va a ninguna parte», me quise despedir como amigos:

—Bueno, podemos quedar como amigos, porque siempre queda algo bonito.

—Ya, sí… ya veremos —me respondió con un tono histérico y mezquino.

Fue de las pocas veces que deseé abofetear a alguien, pues me trató como un cacharro inservible, como una mierda, cuando yo le estaba dando mi amistad, habiendo tenido una relación íntima y cariñosa sin problema alguno. Todo había sido una puta falacia, porque para ella yo no era más que carne semental en sus obtusos planes. En fin, al final de ese día la dejé con el mismo desdén que ella gastaba y seguí mi búsqueda de pareja real. Por aquel entonces también volvía a quedar con alguna de mis ex, con aquellas con quien mejor me llevaba. Una de ellas era Yolanda, compañera de carrera, y con la que había tenido una relación muy especial. Estábamos un día, quizás la tercera vez que quedábamos, aún sin proponernos nada, más aún cuando ella también me hablaba de otro chico que le gustaba. No obstante, hablábamos de muchas otras cosas y cuando la charla estaba muy animada, de repente abordó otro tema que me explicaría los motivos por los que no volvería conmigo, ni ella ni ninguna otra exnovia mía:

—En realidad, que lo sepas, es ya de dominio público entre todos los de nuestra generación, al menos.

—¿De qué me estás hablando? —pregunté con una vaga e inquietante sospecha sobre qué podría estar aludiendo.

—¿Sabes cómo se llama la madre de Andrés? De Andrés de Haro, tu amigo de la «facu». Lo recordarás.

—Sí, claro.

—Pues dime, ¿cómo se llama su madre?

—Rosa... —En ese momento vi clara la trampa para buscar evidencias de lo que me quería decir y me quedé blanco y descolocado.

—Rosalía, ¿verdad? Qué raro que un chico se acuerde del nombre de la madre de un amigo de la universidad, que hace casi un año que no ve.

—Es que, según tengo entendido, Andrés se fue a Estados Unidos, ¿no es cierto? —respondí intentando poner una cortina de humo sin resultado alguno.

—Más razón para que se encuentre extraño que un «tío» se acuerde del nombre de una madre. ¿Me puedes explicar por qué? Y no me digas tonterías que somos psicólogos los dos.

Sin duda lo sabía, y esa sospecha convertida en una casi certeza me inquietaba. No obstante, era Yolanda, mi ex, una amiga con la que probablemente podría confesarme, si al final no podía pretender nada con ella. Si hubiera sido alguien que no hubiese conocido tiempo atrás y el encuentro fuese una primera cita, entonces sí creo que me hubiese puesto lívido e incluso hubiese podido tener náuseas. Pero se lo conté, esperando cierta compasión:

—De acuerdo, Yolanda. Es verdad, y por lo que sospecho, lo sabíais, y no sé cuántos de vosotros. He tenido alguna relación con la madre de Andrés, pero eso no debería ser un crimen, ¿verdad?

—No, no es ningún crimen, al menos tipificado. Como tampoco lo es mentir a los amigos —dijo Yolanda con una expresión entre resabiada y desafiante. Supe que estaba perdido.

—¿Mentir a los amigos?

—Sigues viéndola, ¿verdad que sí, *gigolo?* Eso de «alguna», como me has dicho, es una trola como un piano.

—¡Sí, sí! Esto parece una inquisición. Pero… ¿no se os habrá ocurrido decírselo a Andrés?

—No, no sabe nada. Estando en América y habiendo tenido tanto jaleo entre su tesis y todo lo que ha llevado no se ha podido enterar, ni nadie ha tenido la intención de hacerlo. No se merecía en esa etapa de su vida un golpe así.

—Pero, entonces, ¿quién más se ha enterado?

—No tengo una idea precisa de cuánta gente lo sabe. Pero como se suele decir, tanto va el cántaro a la fuente que al final se rompe. Dime, colega, ¿cuántas tienes ya en tu haber? —me preguntó acercándose a menos de cinco centímetros de mi cara.

—¡Joder! Deja ya de ser cínica…

—¡Mira quién fue hablar! —Yolanda estalló en una carcajada amplia y sonora como pocas veces la había visto. No obstante, le respondí con cierta honra, la que pudiera mostrar en ese momento:

—Les faltaría el respeto si aludiese a ellas lo más mínimo. No pienso revelar información alguna, jamás lo he hecho y jamás lo haré.

—Eso lo dices ahora, porque, chaval, tienes material para una novela, o un relato corto como mínimo.

Me quedé callado y retraído entonces, porque con el paso del tiempo y con las situaciónes y acontecimientos traumáticos que iba a vivir me vería de alguna manera obligado a escribir todo lo que me pasaría, todo lo que iba a sufrir, en una especie de diario, reconociendo a posteriori que Yolanda, para variar, tenía toda la razón del mundo. Cuando volví a la conversación desde mi ensoñación, me explicó el resto de la historia sobre cómo se me descubrió:

—Bueno, pues al menos en esta ciudad y sus alrededores creo que lo tienes crudo, porque sí, se sabe. Te han visto conserjes, porteras, amigos, conocidos y se ha hecho público, porque alguna gente es muy fisgona y, claro, tú no ibas a tener encerradas a tus amores. Ibas al teatro, a la ópera, al cine. Era parte de tu filosofía de dejarte querer, como hacías con nosotras.

—Comprendo, y lo he de asumir.

—¡Cómo lo sabes! Además, desprendes un olor especial y unas maneras que has mimetizado, y ese cambio se nota con respecto al que eras antes. Ahora pareces más melancólico, decadente, hasta abúlico diría yo.

—En definitiva, que la he cagado.

—Hasta el corvejón, amigo.

—Lo siento.

—No me tienes que pedir perdón, simplemente deberías tener algo de dignidad y amor propio, y hacer como todo el mundo, valerte por ti mismo.

—¿Estás enfadada? —le pregunté, esperando una especie de perdón. Ella me dio la respuesta que merecía:

—Pareces un niño pequeño. En fin… que yo esté enfadada tendría que ser lo de menos si es que te has enterado algo de lo que he dicho. Pero mira, si quieres me puedes volver a llamar y hablamos o quedamos, con más probabilidad de que pueda ser si por fin dejas atrás toda esta mierda en la que estás viviendo.

—Gracias, Yolanda —le respondí, con una pequeña escenificación de compungimiento que, aunque exageraba, mis sentimientos reales no mentían respecto a lo que en esencia me oprimía el alma.

Me despedí de Yolanda, naturalmente más triste que cuando me la encontré. Al inspirarle cierta lástima, al menos como amiga confesora y consultora, tenía la sensación de que la había recuperado en mi vida, pese a que a menudo lo que me llegó a decir en algunas conversaciones por teléfono me resultaba mortificante. En conclusión, como no tenía otro medio de vida y la relación con mis amigos y amigas se me hacía cada vez más amarga, me refugié aún más en mis otras relaciones, aquellas que algunos podrían considerar las de mis clientas. Sin embargo, el anhelo, la necesidad de encontrar una piel joven como la mía, una mirada fresca, una cara sin patas de gallo, se me presentaba como algo casi obsesivo, una necesidad creciente que creo que obedecía casi a una llamada de la biología y del instinto. Finalmente opté por algo que no hubiese hecho años atrás, quizás embrutecido por el mercantilismo de mis actos sexuales, quizás por estar en mi vida completamente solo o por una especie de borrachera de poder, pues me sobraba el dinero y no tenía deber alguno con nadie. Opté, sí, por hacerme cliente de lo que yo hacía: prostituirme. Al principio, busqué las más jóvenes y exóticas, de una forma meramente vampírica, limpiándome de alguna manera de aquel aroma a vieja que se me había adherido. Busqué que me hicieran cosas especiales, harto yo de hacérselas a los demás, y encontré las técnicas amatorias orientales y esa especie de voluntad de agradar que estas demostraran en su trabajo. Me vicié, para qué negarlo, y de tal manera que mi vida se había convertido en un ir y venir de la casa de mis amantes a la de las meretrices. Para poder sobrellevarlo, estaba suplementando mi nutrición con una alimentación extra en energías y en estimulantes de todo tipo. ¿Drogas? Duras aún no, pero si seguía con ese tren de vida, no sabría qué sería lo siguiente. A pesar de todos mis cuidados y de mi alimentación, adelgazaba visiblemente y las que aún me podían apreciar, como era el caso de Rosalía, lo veían con claridad y preocupación. Otra cosa que empecé a notar que me estaba haciendo perder el control, fue el continuo cambio de pareja sexual. Tenía la sensación de que estaba en una especie de estroboscopia erótica, de un frenesí fornicador sin solución de discontinuidad y que pasaban una detrás de otra variadas y diferentes para mi placer. Sin embargo, toda esa etapa estaba causando un efecto en mi psique completamente dislocado. Es como si hubiese olvidado conceptos básicos de mi carrera para caer como cualquier lumpen en lo más profundo de una adicción y, para colmo, buscando más placer y más variedad, empecé a acompañarla, esta vez sí, con drogas (pero alcohol no, que eso disminuiría siempre mi función eréctil). He de confesar que, haciéndole partícipe de esas prácticas, hundí aún más a Virtudes en sus tremendas adicciones y finalmente tuve que dejarla convertida en un desecho humano, más o menos como yo, pero sin la fuerza que da la juventud para, a veces, reaccionar a tiempo.

¿Qué me sacó de toda esa vorágine? ¿Quién intervino para tenderme una mano y levantarme de ese lodo? Fue Rosalía, que en nuestra extraña relación me quería además de una manera maternal. En una de las semanas alternantes que pasaba con ella tuve un mono, una reacción de abstinencia terrible que me dejó completamente postrado. Ella no solo me cuidó durante casi un mes, sino que se percató con claridad de lo que me estaba sucediendo. Como ella había sido enfermera (su divorcio fue con un médico de cierto empaque que la dejó en muy buena posición), pudo cuidarme de una manera bastante profesional y efectiva para desintoxicarme lo que pudo. Los días en los que pude empezar a hablar con coherencia ella me preguntó:

—¿Por qué lo has hecho?

—Quizás tenías razón, nuestra relación no era del todo suficiente y empecé a buscar cosas diferentes. Lo siento.

—Yo también he sido estúpida. Esto no podía funcionar, y tenerte el tiempo que has estado a mi lado ha sido una ilusión, y ahora que lo veo en perspectiva, una ilusión aberrante, una monstruosidad podría llegar a decir.

—¿Por qué dices eso? ¿Es que acaso no te he amado?

—¡Basta ya de ese juego! Ya me he enterado que he sido una de tantas, y que lo sepas… antes de que te entrase este «mono».

—Entonces, ¿por qué no me habías dicho nada? ¿Por qué te lo callabas? Tú también aceptabas este juego, como tú lo acabas de llamar.

—Sí, es lo que te digo. Ahora lo veo como de lejos y pienso que no he hecho bien y ha sido una degeneración, si te soy sincera.

Movido por una intuición, tierna y suavemente, me acerqué a ella mirándola a los ojos hasta que la besé como siempre, como desde el principio. Mi instinto no me fallaba y mis dotes de seducción seguían intactas. Era cierto que la amaba, era cierto que igual que a otras y era cierto que ella también a mí; sin embargo, aunque me estaba besando con ganas, ese acto había sido obra mía y por eso mismo Rosalía me dijo, separándose de mí, ya en un tono severo pero tranquilo:

—Si quieres que te ayude, si quieres seguir en esta casa un día más, te voy a pedir que no vuelvas a hacer eso nunca, jamás. ¿Has comprendido bien?

No le dije nada. Cumplí lo que me pidió y los días transcurrieron en calma ayudado por la mujer que, a pesar de todo, aún quería. Así me recuperé y, al menos de momento, dejé las drogas; sin embargo, tenía otras personas que atender. No había perdido el contacto con ellas, así que a base de mensajes y algunas llamadas había mantenido aquellas relaciones aún vivas, porque ellas eran mi medio de vida. Un día me tuve que despedir de Rosalía y ella, en parte, lo agradecería, pero no me fui sin expresarle lo que realmente sentía, evitando pronunciar ciertas palabras mágicas que hubiesen mandado todo al traste:

—Sabes que te estoy agradecido. Mucho, Rosalía, y me gustaría compensarte algún día. Si quieres que siga en tu vida, yo…

—No, no quiero que desaparezcas de mi vida. Eres un trasto, sí, pero eres encantador.

—Entonces estaré encantado de volver, y no te llamo amor, ni cariño, ni corazón, para empezar a cumplir con lo que me pides, a pesar de lo que siento.

—¡Ven aquí, tonto!

Rosalía me dio un abrazo lleno de verdadero amor, incluso de esperanza, como un abrazo de amiga o de madre. Las diferencias son difíciles de expresar, pero evidentes, y siendo así, yo le correspondí de la misma manera. Me fui recuperado, pero sin haber aprendido nada, porque en cuanto volví con María Luisa, con las demás y hasta con Virtudes, sí, incluso con ella a pesar de su estado, volvería a sentir y a impregnarme de esa sensación, esa forma de vida y esos aromas. Al menos, con Virtudes intentaría rescatarla como pudiera y de la manera que sé, pues no conozco otra. En cualquiera de los casos, en unas tres semanas pude recuperar cierto saldo que había perdido en el mes largo que quedé postrado en el síndrome de abstinencia. ¿Recaería? No lo sabía, pero al menos Rosalía me había hecho recuperar cierta serenidad. Mi intención sería compensarla con creces algún día.

Sin embargo, volvía ese agobio, ese hastío, esa impresión de vejez prematura, de decadencia, esa manera de practicar el sexo, que no era propia de mi edad. Esa sensación se agravaba con la idea de conformarme con eso si no quería volver a entrar en un carrusel frenético y obsesivo, al mismo estado del que fui rescatado. Como era, y de momento sigo siendo, un ser inherentemente inclinado a la felicidad y al placer, esa situación no podía ser estable. Tenía que salir de alguna manera, y cuanto más la aguantase, peor me sentiría. Tenía que buscar una solución diferente y que fuese, de hecho, eso: una solución. Por eso se me ocurrió lo que debería ser lo más obvio: buscar estabilidad. Porque, claro, estaría hablando de lo mismo, estaría hablando de sexo, y a ser posible amor, mercenario. Pero en esta ocasión debía hacer una buena elección y quedarme estable con alguien con quien hubiese una identidad. Esto ocurre muchas veces con las relaciones de vendedor-cliente, en las que en el entorno de la confianza y la satisfacción se genera un sentimiento de afinidad y hasta de verdadera amistad. En otras ocasiones me había pasado con alguna de las anteriores prostitutas, había sentido algo, una afinidad que, por desgracia, no me había atrevido a acrecentar en ese momento. En efecto, lo hice mal, pasé de una a otra sin más y tenía que fijarme en alguien. Así pues, estuve probando, repasando por lugares y parajes en los que había picoteado sin orden ni concierto, intentando rememorar pequeños destellos de miradas cómplices y verdadero cariño. Las orientales representaban un problema por la brecha idiomática y ya de entrada las descarté. Ahora que me doy cuenta de que estoy dejando todo esto escrito, si alguien lo encontrase, quizás tras mi muerte, pudiera pensar que soy un depravado, un cerdo sin ética al que no le importa la explotación de la mujer. Es posible, pero yo, como dije al principio, estoy procurando por mí y mi felicidad. Las mafias de proxenetas no las he puesto yo y prostitutas siempre habrá. Si todos fuésemos tan puristas y dignos, deberíamos salir a protestar incluso por la ropa que llevamos confeccionada en Bangladesh o en Macao, por otro tipo de prostitución que nos va muy bien porque lucimos muy buena ropa. Yo no soy más que un cliente y punto. Además, muchas otras prostitutas no pertenecen a mafia alguna y ahí están. En relación a esto, me hizo realmente mucha gracia cuando me encontré en la búsqueda de alguien especial entre las prostitutas a una joven que estaba en ello voluntariamente y que, además, hacía exactamente igual que yo. A ella, de alguna manera, el resto de la sociedad la vería como víctima; a mí, como infractor cuando irónicamente eramos los dos lo mismo pero en diferente género. Por eso dejé por completo de entrar en ni una sola más de estas consideraciones, todas inútiles para mis fines. Por supuesto no elegí a esa chica prostituta voluntaria como persona estable. Necesitaba que hubiese algo más sincero que una relación de clientela, necesitaba sentir que la estaba haciendo llegar al orgasmo, de verdad, pues yo a estas alturas podía detectar cuándo era un intento de tal o un fingimiento. Por mi naturaleza, profundamente hedonista y poco esforzada, ¿qué voy a decir si soy así? Me estaba cansando ya de esa búsqueda infructuosa, cosa que me provocaba un cierto temor a recaer en la tortuosa vida del adicto. Pero, por fortuna, hallé a alguien que me colmaba en lo sexual, que me proporcionaba un cariño sincero y que lo esperaba también de mí, seguramente por una vida terrible y llena de carencias. Ella se llamaba Natasha, y sí, era rusa, una rusa atlética, voluptuosa, de un cabello negro azabache y de ojos azules con esa especie de bello óvalo más o menos asiático que presenta la forma de los ojos siberianos, expresando cierta melancolía y bohemia, mucha fuerza y también, más de la que yo pudiera sospechar, bastante tristeza. Así pues, la frecuenté en una relación pagada, en la que nos ofrecíamos algo más que el acto sexual, algo más que las posturas y los servicios que tuviese estipulados; con el paso del tiempo nos ofrecimos un amor verdadero. Esto fue hasta el punto de llegar a tener ya relaciones conmigo, fuera de su trabajo, en mi apartamento o incluso en algunos hoteles donde podíamos pasar algún par de días si a ella la permitían descansar. Natasha me hablaba en un español fluido y rico, pero también empapado de su fonética en la que las eles eran muy líquidas y las eses, seseantes, como el sonido de una serpiente. Todo lo suyo me encantaba, y por eso me maldecía por no haberla conocido antes, por tener que haberla conocido ella, puta y yo, *gigolo*. Pero eso habría sido en otra vida, no era posible en este mundo. Soñar siempre es gratis.

Con el paso de los meses pude decir que estaba enamorado, como jamás lo había llegado a estar. Ella colmó mis necesidades eróticas de tal manera que todo ese tema que me tenía amargado pasó a un segundo plano. La quería como ser humano y no la trataba como se espera que se ha de tratar a las mujeres para que ellas se sientan satisfechas y resulten manipulables. No, ella quería un trato igual, una correspondencia y, sobre todas las cosas, quería la verdad, y su verdad para mí resultó terrible, espantosa. Natasha valía por inteligencia y por personalidad mucho más que para acabar siendo una prostituta, y ella hacía eso simplemente por supervivencia, obligación y amenaza. En ocasiones me llegó a decir lo mucho que me estaba arriesgando al irme con ella a pasar unos días en un hotel:

—Escucha, te dije que no era buena idea lo que hicimos, pero tuve incluso miedo de explicarte todos los detalles.

—Sí, bueno, yo acepté. Más o menos imagino que debe de haber algún chulo o algo así y ya te comenté que, aunque me cueste, ese tema lo solucionaremos.

Estábamos sentados en la terraza de un bar. En cuanto dije eso ella me cogió la mano cálidamente y me miró con una indescriptible expresión entre la amargura, el agradecimiento y una profunda ternura. Me quería decir algo mucho más grave que lo que unas pocas frases podrían advertirme y, enmudecido yo por la belleza de sus ojos y por la intención que tenía por explicármelo todo, como decía ella, en detalle, esperé sus palabras:

—No, no es solo eso. Es una organización muy fuerte y violenta que se dedica a otras muchas cosas que es mejor no explicarte. No podrías arreglar nada con una sola persona, y ellos, ellos no quieren arreglar nada, solo hacer su voluntad. A veces pienso que nos deben haber visto ya y nos tienen controlados; que si lo volvemos a hacer, podríamos aparecer con un tiro en la frente o hechos picadillo en alguna fábrica abandonada. Por el único motivo por el que pienso que nos podemos salvar de que nos pueda pasar eso es porque no soy más que una putilla insignificante de entre los centenares que tienen, y siempre van a tener cosas más importantes que hacer que liquidar a una que se ha echado un novio.

—Eso, esto que me estás contando… es un panorama muy diferente.

—Sí, mi amor, y creo que hasta ahora hemos tenido suerte.

Me volvió a coger la mano con fuerza y se acercó a mí para besarme como aprendimos a hacerlo entre nosotros, pues en el verdadero amor siempre se aprende y siempre se crece como persona. En efecto, por primera vez en mi vida sentí que debía esforzarme por los demás, por alguien diferente a mí, y a este respecto llegué a preguntarme qué clase de educación me habían dado, dejándome libar en la autosatisfacción y en el mimo continuo, mientras se me apartaba de cualquier altruismo, esfuerzo por la comunidad o algo parecido. Supongo que fue un efecto rebote respecto a la vida de mis padres. Pero volviendo a la realidad y dejándome de motivaciones existenciales, sentí, necesité que debía hacer algo para ayudar a mi amada Natasha; amada aun a pesar de que tuviera que compartir boca y vagina con sus pagadores; amada a pesar de todos los peligros que la amenazaban y que me podrían estar amenazando a mí en cualquier momento. Ese día, esa velada, no le respondí adecuadamente. Acabé diciéndole cuatro respuestas monosilábicas, cuatro banalidades y una cariñosa despedida, pues mis tribulaciones, mis cavilaciones y todo lo que en mi cabeza se armaba, no podía planteárselo en aquel momento, demasiado caótico y embrionario para esbozar cuatro frases con sentido. Necesitaba encontrar alguna seguridad para el plan que quería trazar. Sí, aún quería trazar un plan para rescatarla de esa horrible vida, para extraerla de esa cárcel continua, convertida en una especie de máquina de penetración y succión. Ahora veía todo en perspectiva y también por vez primera empecé a sentir cierto asco de todo lo anterior, pero no asco físico o fisiológico, ya descrito en mis relaciones con mujeres maduras y más que maduras, sino un asco ético, un asco moral, aunque la moral fuera algo más relativo a una sociedad, y yo siempre había estado al margen de la sociedad. Sí, esa sociedad de valores, morales, reglas, normas, leyes y justicias parecía siempre ante mí como una pútrida mascarada en la que los que más mentían siempre solían ser los más allegados a la administración de la justicia y los que menos curaban eran los que se dedicaban al negocio de los fármacos. Por esa indecencia siempre presente en esta falsamente bienintencionada sociedad, yo nunca podía aceptar sus normas, sus opiniones, sus deseos de buena acción o de lo que fuera. Todo era cochino e hipócrita, todo era una mentira como la de los monarcas, políticos y mandatarios que abogan por la paz y el mundo limpio cuando sostienen unas economías completamente en contra. Creo que eso mata mucho más que un simple joven que escoge un estilo de vida en el que intercambia amor por sustento. Eso siempre lo tuve claro. Pero lo que me juzgaba ahora no era toda esa mierda. No, ahora me juzgaba algo en mi interior, algo que está siempre en nuestra infancia y nos permite diferenciar el bien del mal y llorar cuando estamos ante alguien malo y desagradable, algo que a día de hoy me impelía al mismo tiempo a ayudar a mi Natasha sin importarme los miedos ni las amenazas. Pero para hacerlo tenía que pensarlo todo muy bien. No era poca cosa, tal como lo había descrito mi pobre esclava.

La primera fase del rescate, de la solución, requería todos los recursos posibles y eso sabía que lo iba a conseguir de mis relaciones más antiguas, de mi llamadas clientas: Rosalía, María Luisa, Virtudes y otras con las que ya llevaba años como Carmen, que tenía un capital más que notable. Les pediría dinero, sí, pero no para mí, sino para una causa: liberar a una joven de su esclavitud, darle una nueva vida y una oportunidad de ser ella. Natasha me permitió hacerle fotos para mostrar la verdad de todo el tema a mis mujeres, pero no solo eso. A algunas de ellas las llevé ante su incredulidad para que vieran cómo la pobre Natasha hacía la calle. Sé que para ella hubiese sido aún más denigrante si se hubiese enterado, pero yo tenía que convencer por todos los medios a esas mujeres. Rosalía me pidió verla en vivo, pero no porque no creyera la historia, sino porque deseaba hacerse una idea de su terrible día a día. Y así fue, quedó devastada no solo al percatarse de que ahora se llevaba a un hombre que la rondaba, luego a otro, también pudo ver a un tipo enorme de cuello grueso y cráneo rapado acercársele para exigirle la parte de las ganancias, y lo hizo con evidentes maneras intimidatorias y nada respetuosas. Parecía que había cogido un momento a propósito, pero por desgracia esos episodios eran casi cotidianos para Natasha.

—¡Pobre chica! Y se la ve buena persona.

—Lo es, y bueno… los dos no quisimos hacer fotos de los moratones que tiene en ciertas partes de su cuerpo, eso ya hubiese sido… En fin, que yo no quise, y punto. Los tiene en partes no evidentes para los clientes, en la entrepierna o bajo los brazos. A veces usan incluso técnicas para causarle dolor físico sin dejarle marca alguna.

—¡Es terrible! No me expliques más.

Nos fuimos del bar desde el que la estábamos observando cuando precisamente fue requerida por un cliente y así siguió sin darse cuenta de que la habíamos observado. Cuando ya estábamos en casa de Rosalía, se echó a llorar. Era una persona muy sensible que no había pasado demasiados sinsabores durante su vida, por lo que contemplar esa ruina humana la golpeó. A pesar de su oficio en el que había visto muchos tipos de degeneración y horrores fisiológicos, no era lo mismo que la decadencia psicológica, no era lo mismo que ver como alguien permanece esclavo, ya en el siglo XXI, y no se puede hacer nada. En su trabajo siempre había una forma de proceder, un protocolo y para el tipo de clínica privada en la que trabajaba no se enfrentaba a casos realmente dramáticos. En resumen, que la tenía en mis brazos sufriendo por el dolor ajeno, algo que había hecho en otros casos, pero cuya dimensión ahora por fin entendía.

—¿Qué podemos hacer? ¿Qué necesitas para ayudarla?

Parecía que me había leído el pensamiento. La miré largamente y le sonreí. Luego le dije:

—Voy a conseguir que huya, que deje atrás a esos hijos de puta. Voy a invertir todos mis ahorros, y ella y yo empezaremos una nueva vida.

—Entonces… ¿no te volveré a ver?

Noté que había cometido un error al haber dicho eso, pero a diferencia de otras veces en las que resultaba vago o daba excusas sobre cualquier factor externo, en esta ocasión le dije que, en efecto, sería así:

—He de hacerlo así. Es lo más justo y es la primera vez en mi vida que haré algo así por alguien. Me arriesgaré por ella, pero es posible que pueda volver alguna vez y verte. Lo que pasa es que con lo que tengo y lo suyo no es suficiente para llevarlo a cabo.

Tendremos que viajar lejos, hacernos pasaportes falsos, sobornar y no sé cuántas cosas que ya teníamos pensadas para darles el esquinazo a esos malvados.

Ella permaneció un rato en silencio, pensativa y cabizbaja, habiéndose separado de mí. Yo esperaba. La conocía y sabía que me daría una respuesta en ese mismo instante. Finalmente dijo:

—Contad conmigo. Os ayudaré. Además, así tú también enderezarás tu vida, que falta te hace.

—Gracias —le respondí, dándole un sonoro y sincero beso en la mejilla.

—Había pensado darte unos siete mil euros. No creo que pueda más. Lo he estado pensando en este rato y para lo que queréis hacer creo que los números van por tres ceros o cosas así.

—No te podría exigir más, Rosalía, amor. Yo te vuelvo a dar las gracias, pero sobre todo ella lo llevará en el corazón el resto de su vida.

—No me digas más. Vete y no vuelvas en un tiempo. Ahora lo pasaré mal y es mejor que no te vea durante quizás unos años —dijo ella al borde del llanto.

—Lo comprendo. —Y no dije más. Me fui yo también con lágrimas en los ojos, que en un momento dado caerían derramadas a pesar de intentar contenerme. Sí, a pesar de haber pensado solo en mí, ella me hacía vibrar.

En fin, Rosalía fue muy generosa, pero el resto no fue menos sensible ni receptiva. Y fueron numerosas. Tanto me llegaban a querer y a creer en mi historia… Incluso acudí a mis padres y a mis tíos para comunicarles que iba a cambiar de vida, por lo que me ayudaron también con lo que pudieron. Finalmente había reunido unos veintiocho mil euros y junto con lo teníamos ella y yo llegábamos casi a los cuarenta mil. De estos, catorce mil iban a ir directamente a una inversión en mercados de valores que Carmen me había garantizado de buena tinta. Al principio creíamos que se podía conseguir, y con alegría pudimos ver poco a poco, a lo largo de los preparativos que realizábamos, que no era solo cuestión de creerlo, sino que estaba al alcance de nuestras manos. Con los contactos que tenía ella y con los que fui adquiriendo yo, pudimos hacernos con documentación electrónica falsa, tarjetas de crédito, accesos a la internet profunda para hacer algunas adquisiciones, pasajes para varios viajes muy lejanos y sobre todo que resultasen erráticos, para despistar cualquier perseguidor, y un arma para el peor de los casos, cosa que no esperaba utilizar por nada del mundo. Al cabo de un par de meses de preparativos y de trabajo arduo, en el que gastamos casi el noventa por ciento de lo que habíamos recabado, pudimos emprender nuestra huida. Pero aquel eslavo salvaje con cara de boxeador y cabeza rapada iba a ser el primero que nos caería encima, así que tuvimos que prepararle una trampa el mismo día que emprendíamos el primer vuelo. Ella se había dejado seguir por aquel que solía llamar Viktor, mientras yo, a distancia y con un aspecto totalmente diferente, le seguía. Teñido de rubio, con gafas falsas y lentillas oscuras, me había transfigurado en otro y viajando en el mismo autobús ella, su perseguidor y yo íbamos a ir a parar a un hotel donde le tenderíamos la trampa. No sé si tuvimos suerte o realmente lo planeamos muy bien, pero tras el tenso viaje hasta las afueras, aquel individuo siguió a Natasha hasta el hotel donde teníamos todo preparado. A la hora exacta ella se encerró en la habitación 105 y allí apareció ese bastardo acorazado de músculos forzando la puerta. Era mi momento: aparecí desde atrás con una pistola Táser que nos había costado un pastón y lo derribé de una descarga. Ella abrió la puerta en cuanto golpeé con un tono convenido. Apareció con guantes de vinilo azules y mascarilla ya puestos.

—¡Venga, date prisa, arrastra de él! Es capaz de recuperarse en poco tiempo —dijo ella cogiendo a Viktor de una mano.

—¿Cuánto es poco tiempo? —pregunté aterrado, mientras me calzaba también los guantes y cogía de la otra mano a ese monstruo para tirar de él hacia el interior de la habitación.

—No lo sé, pero en cuanto esté dentro ponle las esposas y nos vamos ya. Tengo mi equipaje listo para salir.

—Eres maravillosa.

—Simplemente queremos sobrevivir, amor mío. Hacemos lo que podemos. ¡Venga, date prisa!

Encerramos esposado a Viktor en esa habitación, ya con síntomas de recuperar un poco la conciencia y salimos a escape con un taxi que habíamos pedido previamente y que llegaría para recogernos justo a tiempo de dejar el asunto de Viktor zanjado. Dejando toda nuestra vida pasada atrás, muy atrás, cambiando de identidad varias veces y perdiéndonos en el globo, poco nos iba a importar que hubiera imperfecciones en esos pasos, cabos sin atar y rastros tras nuestro paso, o eso creíamos. El primer destino fue Nueva York; de ahí cogimos un coche de alquiler y llegamos a Boston para inmediatamente volar a Buenos Aires; en Argentina nos perdimos unas semanas en La Pampa, en medio de ninguna parte, abandonados y aislados, a menudo pasando penurias. Si alguien nos seguía pudiera ser posible que llegásemos final, y felizmente a dar la impresión de que estaríamos desaparecidos, muertos quizás, en algún accidente de carretera, despeñados o ahogados, como expresamente hicimos con el coche de alquiler en Estados Unidos: no lo devolvimos y lo dejamos destrozado en el fondo de un barranco. El vehículo lo dejamos así a propósito, pero una inherente prisa nos hacía dudar si no habríamos descuidado demasiados detalles como para que no fuera creíble el rastro que queríamos dejar. En cualquier caso, estábamos, seguíamos vivos y de vuelta, tras realizar un lento pero seguro movimiento hasta llegar a Santiago de Chile y de allí volar a Hawai. El dinero empezaba a menguar, aún sin escasearnos, por lo que yo empezaba a tirar de crédito para mantener nuestro metálico. En ocasiones, por simple imitación de lo que Natasha había visto hacer a sus mafiosos, realizábamos pequeños robos, algunos con más fortuna que otros, lo que nos permitiría seguir adelante. Aquello me parecía como si estuviera viviendo otra vida, como si hubiese nacido para ser un miserable ratero y todo lo anterior no hubiese pasado. Parecía sustituir una vida de desgracia por otra parecida. A menudo le decía: «¡No quiero que ahora nos convirtamos en Bonnie y Clyde!» Y ella se reía con ese encanto que me desarmaba, no decía nada más para no discutir.

Sin embargo, recapitulábamos y veíamos que todo aquello estaba justificado, porque un hogar y un terreno del que vivir nos esperaban en otra isla, lejana en aquellos momentos, después de dar esa vuelta al mundo. Allí podríamos ser nosotros, puros, sin culpa, sin necesidad. Una ilusión que recreaba muchas veces para no perder el ánimo cuando en mi fuero interno me preguntaba cuándo diablos había sido yo así. Nuestra huida ahora se cubría de pequeños crímenes incluyendo robos en joyerías, que por suerte no se veían ligados a una identificación con nuestras caras;

en eso sí que habíamos tenido cuidado. Esos pequeños éxitos y la ausencia de perseguidores, en apariencia, nos hacía pensar que lo estábamos consiguiendo.

Sin embargo, la tenacidad de las mafias nos iba a sorprender. En el hotel en el que nos alojamos por un día en Hawai, Natasha pudo ver de pasada un rostro que le sonaba, y mientras tomábamos algo cerca de la playa, me dijo:

—Ese tío de allí lo conozco, me suena muchísimo. Pero te diré una cosa en la que no me equivoco casi nunca: lo conozca o no, es ruso.

—¿Estás segura? —le pregunté, esperando que se pudiera equivocar y vivir algo de calma un día más.

—Sí, no me falla ese sexto sentido. Pero es que no es siquiera una intuición. Para mí es evidente que es ruso —respondió Natasha cada vez más alertada.

—Entonces ¿nos separamos?

—Sí, tendremos que poner en marcha el plan de defensa, pero, sobre todo, vigila que no te estén siguiendo a ti.

—Descuida —le repuse con tranquilidad y aplomo.

Eso último fue un farol, una palabra común, para darle un poco de confianza, porque en realidad tenía mucho miedo, una psicosis terrible y muchas ganas de huir, pero no podía, no debía. Si huía, nos matarían a los dos. Realizamos una variación de la trampa que tendimos en su momento a Viktor. Me separé inmediatamente de ella para irme a un lavabo y allí transfigurarme de nuevo, con el equipo que tenía siempre dispuesto en la mochila. En esta ocasión me rapé al cero, me puse gafas oscuras, me cambié de ropa y salí por el ventanuco del lavabo, pues era muy probable que alguien me siguiera a mí. Otra de las variaciones es que yo debería actuar con nuestro revolver en lugar del Táser y que ella iba a dejarse coger por ese perseguidor. Dependíamos de nuevo de la suerte, de que aquel matón no quisiera matarla con alguna inyección, con un arma con silenciador o con cualquier cosa que no originase ruido alguno en ese momento. Dependíamos incluso de que finalmente el sicario creyese a Natasha que para cogerme a mi debía ir con ella a nuestra habitación. Para estar seguros de que salían las cosas así, Natasha y yo teníamos localizadores que nos permitirían saber donde estábamos con facilidad.

A pesar de lo arriesgado del plan, teníamos la certeza de que querían la cabeza de los dos y eso sería la perdición del perseguidor, pues tomaría a Natasha para utilizarla como cebo conmigo, mientras me dejaría a mi libre para acabar con él. Siguiendo esta estrategia, me aposté oculto en los jardines cercanos a nuestra habitación, me agazapé y en cuanto llegó con ella como rehén salí sigilosamente desde atrás, le apunté a a su cabeza,muy cerca, con el cañón casi en la coronilla para dispararle, con la misma entereza que cuando disparé a Viktor con el Táser, pero en esta ocasión sembrando de fragmentos de cráneo y salpicando de sangre y masa encefálica todo el pasillo de los bungalós. Seguíamos con suerte, todos los clientes del alojamiento estaban en la playa o en los bares, y si el matón tenía compañero, o no había oído el tiro o aún estaba por llegar, pero el que tenía más suerte de todos era yo, de tener a alguien como Natasha, que tenía un olfato de sabueso y una vista de águila. En ese momento, sin perder un segundo, arrastramos el cuerpo a nuestra habitación, le despojé de documentación y dinero, y cerramos la puerta. Nos limpiamos de las más evidentes manchas de sangre a toda prisa, recogimos todo precipitadamente y realizamos el *check out* del establecimiento con toda la premura del mundo para dirigirnos al aeropuerto. Allí cambiamos de identidad, tal como teníamos ya planeado para cada tránsito y desaparecimos de Hawai, dejando huellas, un cadáver, ropa, efectos personales, pero importándonos muy poco, pues ya éramos otros en Tokio. De Tokio cogimos otro vuelo a Pekín y de allí varios transportes, lentos, baratos y ruinosos, que poco a poco nos permitieron llegar hasta a Calcuta. Hubiese sido un viaje de novios increíble de no haber sido una alocada huida. Y es que a pesar de tener nuestros momentos siempre breves, siempre intensos y plenos del erotismo que nunca habíamos sido capaces de despegar en nuestras vidas, por fin lo conseguíamos de manera natural el uno con el otro.

La última etapa de nuestro rodeo al mundo para huir era una vuelta a Europa, sin seguridad de volver a ningún hogar anterior, sin seguridad, ni yo mismo la tenía, de que volviésemos a España. El vuelo de Calcuta a Berlín fue demoledor, pero ya estábamos cerca. Íbamos a coger diferentes trenes para llegar a nuestro puerto. Nuestro antepenúltimo viaje era un tren de Viena a Trieste. Teníamos un departamento para nosotros, algo que no había saboreado quizás desde mi niñez. Estaba emocionado y ella también, sonreíamos por todo, nos sentíamos más jóvenes que nunca. Todo quedaba atrás como en un sueño y al escribir estas palabras en mi diario, casi esperaba que todas las palabras anteriores se borrasen. Al escribir este último capítulo, parecía que iba a empezar el primero de una vida completamente diferente.

Llamaron a la puerta del compartimento. Ya no recordaba un servicio de habitaciones, pero… ¿hay servicio para compartimentos en este tren? ¿Estaba en lo que habíamos comprado en nuestro billete? Me quedé unos segundos parado.

—¡Cariño! Abre tú, por favor. No puedo salir del lavabo —me pidió ella, y abrí.

«Una pareja de jóvenes, ella NZ, de nacionalidad rusa, y él AFT, de nacionalidad española, fueron hallados muertos el sábado 15 de marzo en su departamento del tren expreso entre las ciudades de Viena y Venecia, informaron fuentes de la policía del Land austríaco de Carintia. Los cadáveres de la pareja presentaban impactos de bala en la cabeza, según informaron fuentes policiales. El expreso fue detenido tan pronto como los cadáveres fueron descubiertos por el revisor, allí se personaron efectivos policiales y médicos, que certificaron el fallecimiento de la pareja. Se ha informado a las respectivas embajadas y los cadáveres serán repatriados en breve. No se conocen más detalles al encontrarse el caso bajo secreto de sumario, aunque las motivaciones del presunto doble asesinato pudieran estar en ajustes de cuentas de organizaciones criminales de origen eslavo».

Índice

Sobre el autor

Daniel Sánchez Centellas es Doctor en Bioquímica por la Universidad Autónoma de Barcelona y desde hace más de seis años profesor de Biología en la enseñanza secundaria de la Junta de Andalucía, con la cual se siente altamente comprometido. Nacido en Nyon (Suiza) en 1971, de padres españoles emigrantes, creció y se formó en Barcelona aunque actualmente se encuentra ligado a Granada donde se encuentra afincado. Se labró un amplio y variado historial ligado a la investigación científica desarrollada en parte en varios países europeos, principalmente Suecia y República Checa hasta el año 2016. Apasionado desde bien joven por la literatura, por la Historia y por contar historias, publica tres obras de cuentos por la editorial ExLibric, una novela épica-imaginaria con carácter LGTBI por la editorial LA CALLE primera entrega de la Saga de Eretrin. También aborda la lírica surrealista en su invención del no-poema con otras editoriales de ámbito más local. Tiene muchos más proyectos emergentes y otros en construcción, todos en torno a una llamada a valores humanistas (libertad, justicia social, responsabilidad...) e invitando a replantearse nuestras sociedades desde un punto de vista crítico.